Chang'e,
The Moon Goddess

Chang'e,
The Moon Goddess

A Story in Easy Chinese, Pinyin and English

770 Word Chinese Vocabulary

by Jeff Pepper and Xiao Hui Wang

IMAGIN8
PRESS

Published in the United States by Imagin8 Press LLC, Verona, Pennsylvania, US. For information, contact us via email at info@imagin8press.com.

Our books may be purchased directly in quantity at a reduced price, visit www.imagin8press.com for details.

Imagin8 Press, the Imagin8 logo and the sail image are all trademarks of Imagin8 Press LLC.

Written by Jeff Pepper and Xiao Hui Wang
Cover artwork by NextMars, Liuyang, China
Audiobook narration by Junyou Chen

ISBN: 978-1959043751
Version 4.0

Acknowledgements

Many thanks to the team at Next Mars for their beautiful cover artwork, Arnaud Ysmal and Jean Agapoff for their careful proofreading, and Junyou Chen for his always-wonderful audiobook narration.

Audiobook

A complete Chinese language audio version of this book is available free of charge. To access it, go to YouTube.com and search for the Imagin8 Press channel. There you will find free audiobooks for this and many other books.

You can also visit our website, www.imagin8press.com, to find a direct link to the YouTube audiobook, as well as information about our other books.

Contents

Introduction

Chang'e is known throughout China as the Moon Goddess. But her name was not always Chang'e.

In prehistoric China, Taiyin Xingjun (太阴星君, **tàiyīn xīng jūn**) was known as the Moonlight Goddess. It was believed that she and Taiyang Xingjun (太阳星君, **tàiyáng xīng jūn**), the Sunlight God, emerged from the two eyes of the ancient god Pangu. She was the third princess of the Jade Emperor and was often seen wandering through the Emperor's palace. As the true embodiment of *yin*[1], she spent her days quietly, paying no attention to the people and things of the human world. The Jade Emperor did not know what else to do with her, so he granted her the Moon Palace, where she lived with her companion, the Jade Rabbit.

The earliest reference to Chang'e[2] was in *Guicang* (归藏,

---

[1] Yin (阴) and yang (阳) are the two complementary yet interconnected forces that underlie everything in the universe. Yin, which literally means "the shaded side of a hill," stands for darkness, cold, passiveness and femininity, and is associated with the moon. Yang, originally meaning "the sunlit side of a hill," stands for light, heat, assertiveness and masculinity, and is associated with the sun. Yin and yang each contain the seed of the other, and their interplay creates harmony and change.

[2] Her name in Simplified Chinese consists of the character 嫦 (cháng), unique to her name, and 娥 (é), meaning "pretty young woman." She

guī cáng), a text written during the Zhou Dynasty (1046 – 256 BC) and rediscovered in 1993 in the Guodian tombs near Jingmen, Hubei Province, China. These ancient bamboo scrolls, which also contained a previously unknown version of the Dao De Jing, included fragments of text that mentioned "Yi shoots the ten Suns" (a reference to the archer Hou Yi) and "Chang'e ascends to the moon."

Another ancient text, *The Classic of Mountains and Seas* (山海经, shānhǎi jīng), written sometime before 221 BC, contains this:

> A woman is bathing the moon
> She is Chang Xi, the wife of Emperor Jun.
> She has given birth to twelve moons,
> Only then does she begin to bathe the moon.[3]

Here, the name Chang Xi refers to Chang'e, since 娥 and 羲, although they are pronounced é and xī in modern Chinese, were pronounced the same in ancient Chinese.

The story of the lovely Chang'e and her consort, the

---

was originally called Heng'e (姮娥), but it was changed because the emperor Liu Heng (刘恒), also known as Emperor Wen of the Han Dynasty, had the same character 恒 in his name. (Here we use the Simplified Chinese characters for the names, but at the time, a different character set called Seal Script was used.) An emperor's name was supposed to be unique, so "Heng'e" was changed to "Chang'e."

[3] In Simplified Chinese: 有女子方浴月 / 帝俊妻常羲 / 生月十有二 / 此始浴之。

powerful archer Hou Yi, was compelling enough to cause Chang'e to eventually take the place of the moon goddess Taiyin Xingjun. To make sense of this transformation, Chang'e is sometimes referred to as the reincarnation of Taiyin Xingjun.

The famous Tang Dynasty poet, Li Shangyin (813 – 858 AD) wrote this poem based on the story of Chang'e stealing the elixir of immortality:

> Now that a candle shadow stands on the screen of carven marble
> And the River of Heaven[4] slants and the morning stars are low,
> Are you sorry for having stolen the potion that has set you
> Over purple seas and blue skies, to brood through the long nights? [5]

There are many different variations of the Chang'e story. In every version she is married to the archer Hou Yi, who shoots down the extra suns that scorch the earth and threaten all life. In some stories, including the one we tell in this book, Chang'e is an immortal born in the heavenly worlds who is banished to the human world and later flies to the moon. But in other stories, she begins life on earth

---

[4] The Milky Way
[5] In Simplified Chinese: 云母屏风烛影深 / 长河渐落晓星沉 / 嫦娥应悔偷灵药 / 碧海青天夜夜心。

as an ordinary mortal woman.

There are also several different stories about how she flies to the moon. In one, Chang'e waits until her husband is away, then she steals his elixir and drinks it, causing her to rise to the moon. In another (which we follow in this book), Hou Yi's nemesis Peng Meng breaks into their house while Hou Yi is away, and Chang'e drinks the elixir to stop Peng Meng from having it. And in yet another version, Hou Yi becomes a cruel tyrant who wants to become immortal and bring down the Jade Emperor in heaven, and Chang'e deliberately drinks the potion to stop him.

In this book we also include two chapters inspired by Chang'e appearances in the legendary novel *Journey to the West*. In the 19th chapter of *JTW* (Chapter 8 in this book), she receives the unwanted attentions of a drunken naval officer, who is punished by the Jade Emperor and banished to the human world. And later in *JTW* Chapters 94 and 95 (Chapter 9 in this book), Chang'e returns to earth to save the life of her companion the Jade Rabbit.

So, who is Chang'e? At the simplest level, she is the Moon Goddess, watching over the human world night after night, protecting us from harm. Deeper than that, she is the embodiment of *yin*, the passive energy that opposes but complements *yang*, the active energy. Moon and sun, dark and light, passive and active, these are the opposite forces of the universe, and Chang'e is nearly pure *yin*.

Deeper still, by drinking the elixir of immortality, Chang'e represents the human desire to transcend mortality and rise free of earthly attachments. But she pays a heavy price, enduring isolation, longing, and separation from those she loves.

Like other powerful mythic figures, Chang'e stands for what is deepest inside all of us: the longing for eternity, the tragedy of loss, and the mystery of the unknown.

Cháng'é, Yuèliang Nǚshén

Dì Yī Zhāng: Nǚshén Yǔ Gōngjiànshǒu

"Bàba! Māma zài nǎlǐ?" Xiǎo Cháng'é zhàn zài gōngdiàn de ménkǒu, hǎnzhe tā de fùqīn, tā shì wěidà de tiānshén Dì Jùn.

Dì Jùn zhàn zài gōngdiàn lǐ, zài hé jǐ wèi shénxiān shuōhuà. Tāmen zài tǎolùn rénlèi shìjiè de huài tiānqì. Nàlǐ de xiàtiān hěn rè, Dì Jùn hěn dānxīn shénxiānmen yīnggāi zěnme zuò cáinéng bǎohù rénlèi, tāmen de dòngwù hé tāmen de zhuāngjia.

Dì Jùn táiqǐ tóu, yǒuxiē shēngqì, dàn kàn dào shì Cháng'é. Tā xiào le. "Nǐ māma hé nǐ de jiěmèimen zài xǐzǎo chí nàlǐ. Nǐ yīnggāi qù hé tāmen zài yīqǐ." Ránhòu tā zhuǎnshēn, jìxù yǔ shénxiānmen tǎolùn

嫦娥，月亮女神

第一章：女神与弓箭手

"爸爸！妈妈在哪里？"小嫦娥站在宫殿的门口，喊着她的父亲，他是伟大的天神帝俊。

帝俊站在宫殿里，在和几位神仙说话。他们在讨论人类世界的坏天气。那里的夏天很热，帝俊很担心神仙们应该怎么做才能保护人类、他们的动物和他们的庄稼。

帝俊抬起头，有些生气，但看到是嫦娥。他笑了。"你妈妈和你的姐妹们在洗澡池那里。你应该去和她们在一起。"然后他转身，继续与神仙们讨论

tiānqì.

Cháng'é yánzhe xiǎolù hěnkuài de pǎo xiàng xǐzǎo chí. Dāng tā dào nàlǐ shí, tā kàn dào tā shíyīgè jiěmèi hé tāmen mǔqīn Cháng Xī zài wēnnuǎn de chí lǐ xǐzǎo.

Cháng Xī shì Dì Jùn liǎng gè qīzi zhōng de yígè. Tā shēng le shí'èr gè yuèliang, dōu shì nǚhái. Lìng yígè qīzi Xī Hé shēng le shí gè tàiyáng, dōu shì nánhái. Zhè èrshí'èr gè tàiyáng hé yuèliang zài tiānkōng zhōng tiàowǔ, bǎ huángsè de yángguāng hé báisè de yuèguāng sòng rù xiàmiàn de rénlèi shìjiè. Xiànzài shì báitiān, suǒyǐ tàiyáng nánhái zài tiānkōng zhōng tiàowǔ, ér yuèliang nǚhái zài xǐzǎo chí zhōng xiūxi.

Cháng Xī shì yí gè ānjìng de nǚrén, chōngmǎn le yīn qì, yǔ míngliàng, qiángzhuàng, chōngmǎn yáng qì de Xī Hé wánquán bùtóng. Cháng Xī jīngcháng dàizhe tā de yuèliang nǚ'érmen qù xǐzǎo chí, zài nàlǐ, tāmen zài guì shù de shùyīn xià xǐ

天气。

嫦娥沿着小路很快地跑向洗澡池。当她到那里时，她看到她十一个姐妹和她们母亲常羲在温暖的池里洗澡。

常羲是帝俊两个妻子中的一个。她生了十二个月亮，都是女孩。另一个妻子羲和生了十个太阳，都是男孩。这二十二个太阳和月亮在天空中跳舞，把黄色的阳光和白色的月光送入下面的人类世界。现在是白天，所以太阳男孩在天空中跳舞，而月亮女孩在洗澡池中休息。

常羲是一个安静的女人，充满了阴气，与明亮、强壮、充满阳气的羲和完全不同。常羲经常带着她的月亮女儿们去洗澡池，在那里，她们在桂树的树阴下洗

zăo.

Kàn dào māma hé jiěmèimen hòu, Cháng'é jiù pǎo
dào xǐzǎo chí biān, tiào jìn le wēnnuǎn de
shuǐzhōng. Tā de pífū shì niúnǎi de yánsè, xiàng
sīchóu yíyàng ruǎn. Tā de tóufà xiàng yè yíyàng hēi,
zuǐchún xiàng yīnghuā yíyàng hóng.

"Māma," tā shuō, "nǐ zhīdào wǒ xǐhuān hé nǐ hái
yǒu wǒ de jiěmèimen yīqǐ zài xǐzǎo chí lǐ wán, wǒ
xǐhuān zài tiānkōng zhōng tiàowǔ. Dàn wǒ shénme
shíhòu cáinéng zài tiāntáng shìjiè lǐ zhǎodào yí fèn
zhēnzhèng de gōngzuò ne?"

"Nǚ'ér," Cháng Xī shuō, "nǐ yídìng zhīdào wǒ xīnlǐ
xiǎng de. Nǐ shì wǒ de dà nǚ'ér. Nǐ xiànzài yǐjīng
zhǎng dà le, kěyǐ zài tiāntáng kāishǐ nǐ de gōngzuò
le. Nǐ jiāng yǒu yí fèn fēicháng zhòngyào de
gōngzuò. Nǐ huì chéngwéi Wángmǔ Niángniáng de
púrén."

澡。

看到妈妈和姐妹们后，嫦娥就跑到洗澡池边，跳进了温暖的水中。她的皮肤是牛奶的颜色，像丝绸一样软。她的头发像夜一样黑，嘴唇像樱花一样红。

"妈妈，"她说，"你知道我喜欢和你还有我的姐妹们一起在洗澡池里玩，我喜欢在天空中跳舞。但我什么时候才能在天堂世界里找到一份真正的工作呢？"

"女儿，"常羲说，"你一定知道我心里想的。你是我的大女儿。你现在已经长大了，可以在天堂开始你的工作了。你将有一份非常重要的工作。你会成为王母娘娘的仆人。"

"Nà shì shénme yìsi?" Cháng'é wèn dào.

"Nǐ huì wèi Wángmǔ Niángniáng gōngzuò. Nǐ de gōngzuò shì zhàogù shénqí de chángshēng bùlǎo yào, bǎozhèng tāmen de ānquán. Nǐ yě huì zhàogù xiāntáo. Nǐ zhīdào tāmen shì shénme ma?"

"Dāngrán, māma. Tāmen shì shénqí de shuǐguǒ. Tāmen zhǎng zài Wángmǔ Niángniáng huāyuán de táo shù shàng. Měi sānqiānnián, dāng táozi shú le de shíhòu, Wángmǔ Niángniáng huì jǔxíng Xiāntáo Jié. Tā gěi měi wèi kèrén yígè táozi. Dāng tāmen chī le táozi, tāmen jiù huì chángshēng."

"Shì de, Cháng'é. Xiànzài yǐ jìn wǎnshàng, tàiyáng dī guà zài tiānbiān. Hěn kuài, nǐ hé nǐ de jiěmèimen jiù yīnggāi zài yèkōng zhōng tiàowǔ le. Wǒmen huí jiā ba. Míngtiān zǎoshang wǒmen dōu yào qù Yùhuáng Dàdì de gōngdiàn. Nǐ huì wèi huángdì tiàowǔ, tā huì gěi nǐ xīn gōngzuò."

"那是什么意思？"嫦娥问道。

"你会为王母娘娘工作。你的工作是照顾神奇的长生不老药，保证它们的安全。你也会照顾仙桃。你知道它们是什么吗？"

"当然，妈妈。它们是神奇的水果。它们长在王母娘娘花园的桃树上。每三千年，当桃子熟了的时候，王母娘娘会举行仙桃节。她给每位客人一个桃子。当他们吃了桃子，他们就会长生。"

"是的，嫦娥。现在已近晚上，太阳低挂在天边。很快，你和你的姐妹们就应该在夜空中跳舞了。我们回家吧。明天早上我们都要去玉皇大帝的宫殿。你会为皇帝跳舞，他会给你新工作。"

Dì èr tiān, Cháng'é hé tā de jiārénmen qù le Yùhuáng Dàdì de gōngdiàn. Yīnyuèjiā yǎnzòu tiāntáng yíyàng de yīnyuè, Cháng'é wèi huángdì hé tā de kèrénmen tiàowǔ. Tā de wǔ tiào dé hěn hǎo. Yīnwèi tā de měilì hé tā de wǔ tiào dé hěn hǎo, tā zài tiāntáng lǐ hěn yǒumíng.

Zài tiàowǔ shí, tā zhùyì dào gōngdiàn hòumiàn, zài kèrén shēnhòu zhànzhe yígè gāodà de niánqīng rén. Tā dàyuē hé cháng'é yīyàng dà, yǒuzhe qiángzhuàng de shēntǐ hé hēisè cháng fà. "Nà shì shuí?" tā wèn tā de yígè jiějie.

"Nà shì Hòu Yì. Tā zài huánggōng lǐ gōngzuò."

"Tā de gōngzuò shì shénme?"

"Tā shì yì míng gōngjiànshǒu. Tā shì Yùhuáng Dàdì de yígè shìwèi. Nǐ xǐhuān tā ma?"

Cháng'é de liǎn biàn dé hěn hóng, tā méiyǒu huídá. Dàn zài

第二天，嫦娥和她的家人们去了玉皇大帝的宫殿。音乐家演奏天堂一样的音乐，嫦娥为皇帝和他的客人们跳舞。她的舞跳得很好。因为她的美丽和她的舞跳得很好，她在天堂里很有名。

在跳舞时，她注意到宫殿后面，在客人身后站着一个高大的年轻人。他大约和嫦娥一样大，有着强壮的身体和黑色长发。"那是谁？"她问她的一个姐姐。

"那是后羿。他在皇宫里工作。"

"他的工作是什么？"

"他是一名弓箭手。他是玉皇大帝的一个侍卫。你喜欢他吗？"

嫦娥的脸变得很红，她没有回答。但在

hòulái de jǐ tiān lǐ, tā yìzhí méiyǒu bànfǎ bú qù xiǎng nàge niánqīng rén.

Cháng'é kāishǐ zuò Wángmǔ Niángniáng de púrén. Tā mángzhe xuéxí xīn gōngzuò, yǒu jǐ gè yuè dōu méi jiàn dào nàge niánqīng rén le. Dàn yǒu yìtiān, tā yòu bèi jiào dào huánggōng tiàowǔ. Tā yīnggāi xiǎngzhe tā de wǔ, dàn tā xīnlǐ xiǎng de dōu shì nàge niánqīng rén. Tā yìzhí zài gōngdiàn lǐ sìchù zhǎo tā, kàn tā shì búshì zài nàlǐ, shì búshì zài kàn tā.

Tā kàn xiàng gōngdiàn de hòumiàn, kàn dào le tā. Tā yě zài kànzhe tā. Dāng tāmen de yǎnjīng xiānghù yù dào shí, tā xiàozhe diǎn le diǎntóu.

Cháng'é wàng le tā zài zuò shénme. Dāng tā jìxù tiàowǔ shí, tā lí yígè dà cí guàn tài jìn le. Tā huīzhe shǒubì, dàn méiyǒu kàn dào guànzi. Tā de shǒu dǎ dào le

后来的几天里，她一直没有办法不去想那个年轻人。

<u>嫦娥</u>开始做<u>王母娘娘</u>的仆人。她忙着学习新工作，有几个月都没见到那个年轻人了。但有一天，她又被叫到皇宫跳舞。她应该想着她的舞，但她心里想的都是那个年轻人。她一直在宫殿里四处找他，看他是不是在那里，是不是在看她。

她看向宫殿的后面，看到了他。他也在看着她。当他们的眼睛相互遇到时，他笑着点了点头。

<u>嫦娥</u>忘了她在做什么。当她继续跳舞时，她离一个大瓷罐太近了。她挥着手臂，但没有看到罐子。她的手打到了

tā. Guànzi diào le xiàlái, zá zài le shítou dìshàng.

Fēicháng dà de shēngyīn chōngmǎn le gōngdiàn.
Yīnyuèjiāmen tíngzhǐ yǎnzòu. Suǒyǒu tiàowǔ de rén
dōu tíng xiàlái kànzhe tā. Wángmǔ Niángniáng zhàn
qǐlái, zhèng yào shuō xiē shénme, dàn hái méi láidéjí
shuōhuà, Yùhuáng Dàdì jiù shēngqì de shuō, "Nǐ
zhège yúchǔn de rén! Nǐ zá le wǒ de cí guàn!"

Cháng'é gǎndào lèishuǐ cóng liǎnshàng liú xià. Tā
zhàn qǐlái, dīxià tóu, děngzhe tā de xià yíjù huà.

Huángdì hǎn dào, "Wǒ bú huì bǎ nǐ fàng zài wǒ de
gōngdiàn lǐ, yě bú huì ràng nǐ zài tiāntáng de rènhé
dìfāng. Nǐ mǎshàng líkāi, zài rénjiān guò yìshēng!"

Tā yòng shǒu zhǐzhe Cháng'é, shuō le yìxiē mìmi de
huà. Cháng'é shēn xià de dì biàn chéng le wù. Tā
kāishǐ màn man de diào le xiàqù. Tā diào dào
tiāntáng xiàmiàn, xiàng xià piāo

它。罐子掉了下来，砸在了石头地上。

非常大的声音充满了宫殿。音乐家们停止演奏。所有跳舞的人都停下来看着她。王母娘娘站起来，正要说些什么，但还没来得及说话，玉皇大帝就生气地说，"你这个愚蠢的人！你砸了我的瓷罐！"

嫦娥感到泪水从脸上流下。她站起来，低下头，等着他的下一句话。

皇帝喊道，"我不会把你放在我的宫殿里，也不会让你在天堂的任何地方。你马上离开，在人间过一生！"

他用手指着嫦娥，说了一些秘密的话。嫦娥身下的地变成了雾。她开始慢慢地掉了下去。她掉到天堂下面，向下飘

le hěnjiǔ. Tā dītóu yíkàn, kàn dào le yípiàn yúnhǎi. Tā chuānguò yúnhǎi, bù tíng de xiàng xià. Dàyuē yígè xiǎoshí hòu, tā fāxiàn zìjǐ tǎng zài rénlèi shìjiè shānpō shàng de gāncǎo shàng.

Tā búzài shì yígè shénxiān. Tā zhǐshì yígè rénjiān de nǚrén, yào xiàng rènhé qítā rénlèi yíyàng huì yǒu shēng yǔ sǐ.

了很久。她低头一看，看到了一片云海。她穿过云海，不停地向下。大约一个小时后，她发现自己躺在人类世界山坡上的干草上。

她不再是一个神仙。她只是一个人间的女人，要像任何其他人类一样会有生与死。

Dì Èr Zhāng: Shí Gè Tàiyáng

Zàishuō huánggōng lǐ, Hòu Yì kàn dào Cháng'é cóng dìshàng de dòng lǐ diào le xiàqù. Tā xiǎng dōu méi xiǎng de tuī kāi le kèrén, xiàng qián pǎo qù. Tā pǎo dào dìdòng biān, tóu xiàng xià tiào le jìnqù. Dìdòng zài tā shēnhòu guānshàng le.

Tā líkāi le tiāntáng, diào xiàqù. Zài tā xiàmiàn hěn yuǎn de dìfāng, tā kàn dào Cháng'é zài xiàng xià diào, tā de sīchóu yīfu zài fēng zhōng piāodòng. Tā gēnzhe tā chuānguò yún. Guò le hěnjiǔ, tā diào zài le lí Cháng'é bù yuǎn de shānpō shàng.

Tāmen liǎ dōu zhàn le qǐlái, màn man de xiàng duìfāng zǒu qù.

"Wǒmen zài nǎlǐ?" Cháng'é wèn dào.

"Zài rénlèi shìjiè de yígè dìfāng," Hòu Yì huí

第二章：十个太阳

再说皇宫里，<u>后羿</u>看到<u>嫦娥</u>从地上的洞里掉了下去。他想都没想地推开了客人，向前跑去。他跑到地洞边，头向下跳了进去。地洞在他身后关上了。

他离开了天堂，掉下去。在他下面很远的地方，他看到<u>嫦娥</u>在向下掉，她的丝绸衣服在风中飘动。他跟着她穿过云。过了很久，他掉在了离<u>嫦娥</u>不远的山坡上。

他们俩都站了起来，慢慢地向对方走去。

"我们在哪里？"<u>嫦娥</u>问道。

"在人类世界的一个地方，"<u>后羿</u>回

dá. Tiānkōng hěn liàng, tiānqì hěn rè. Kàn le zhōuwéi, tā kěyǐ kàn dào zhuāngjia zài gān sǐ.

"Wǒ zhīdào wǒ wèishénme zài zhèlǐ," Cháng'é shuō. "Yùhuáng Dàdì bǎ wǒ cóng tiānshàng rēng le chūlái, yīnwèi wǒ zá le tā de cí guàn. Dàn nǐ zài zhèlǐ zuò shénme?"

Hòu Yì méiyǒu bànfǎ huídá. Tā dītóu kàn le yīhuǐ'er hěn gān de dìmiàn. Ránhòu tā kànzhe Cháng'é shuō, "Yīnwèi wǒ ài nǐ."

"Dàn nǐ dōu bú rènshí wǒ!"

"Wǒ yuànyì, zhǐyào nǐ yuànyì chéngwéi wǒ de qīzi."

Cháng'é xiǎng le xiǎng. Ránhòu tā duì tā xiàozhe shuō, "Wǒ dāngrán huì chéngwéi nǐ de qīzi." Tā kàn le zhōuwéi.

答。天空很亮，天气很热。看了周围，他可以看到庄稼在干死。

"我知道我为什么在这里，"嫦娥说。"玉皇大帝把我从天上扔了出来，因为我砸了他的瓷罐。但你在这里做什么？"

后羿没有办法回答。他低头看了一会儿很干的地面。然后他看着嫦娥说，"因为我爱你。"

"但你都不认识我！"

"我愿意，只要你愿意成为我的妻子。"

嫦娥想了想。然后她对他笑着说，"我当然会成为你的妻子。"她看了周围。

"Xiànzài, wǒmen bùnéng liú zài zhège shānpō shàng. Wǒ tīngshuō rénlèi shìjiè de tiānqì huì fēicháng bù hǎo. Wǒmen zǒu ba." Tāmen liǎng gè kāishǐ xiàng cūnzi zǒu qù.

Tāmen biān zǒu biān liáo. Guò le yīhuǐ'er, Cháng'é shēn chū shǒu, lā zhù le Hòu Yì de shǒu. Tāmen lā zhe shǒu biān zǒu biān liáo, zhídào tāmen zǒu dào cūnzi lǐ. Nàtiān wǎnshàng, tāmen zài cūnzi lǐ jié le hūn, tāmen chéngwéi le fūqī. Tāmen zài yí wèi lǎo nóngmín fūqī de jiālǐ zuò kèrén, zài nàlǐ guò le yíyè.

Dì èr tiān zǎoshang, Cháng'é hé Hòu Yì zǒu dào wàimiàn. Tāmen táitóu kàn, kàn dào shí gè tàiyáng zài tiānkōng zhōng tiàowǔ. Nà wèi lǎo nóngmín zǒu chūlái, zhàn zài tāmen pángbiān. Tā shuō, "Yǐqián búshì zhèyàng de. Yǐqián zhǐyǒu yígè tàiyáng. Zhè duì wǒmen lái shuō yǐjīng gòu le. Tā ràng wǒmen wēnnuǎn, dàn bú huì tài rè. Tiānkōng hěn liàng, dàn bú huì tàiliàng. Ránhòu yǒu yìtiān, tiānkōng zhōng

"现在，我们不能留在这个山坡上。我听说人类世界的天气会非常不好。我们走吧。"他们两个开始向村子走去。

他们边走边聊。过了一会儿，嫦娥伸出手，拉住了后羿的手。他们拉着手边走边聊，直到他们走到村子里。那天晚上，他们在村子里结了婚，他们成为了夫妻。他们在一位老农民夫妻的家里做客人，在那里过了一夜。

第二天早上，嫦娥和后羿走到外面。他们抬头看，看到十个太阳在天空中跳舞。那位老农民走出来，站在他们旁边。他说，"以前不是这样的。以前只有一个太阳。这对我们来说已经够了。它让我们温暖，但不会太热。天空很亮，但不会太亮。然后有一天，天空中

yòu chūxiàn le jiǔ gè tàiyáng. Xiànzài tiānqì tài rè le. Jīhū bú xià yǔ, dāng yǔ lái shí, dìmiàn jīhū mǎshàng jiù yòu gān le. Héliú biàn chéng chéntǔ. Zhuāngjia zhèngzài sǐqù. Hěn kuài wǒmen dōuhuì yīnwèi è hé kě ér sǐqù."

Cháng'é shuō, "Wǒ zhīdào zhèxiē xīn tàiyáng shì cóng nǎlǐ lái de."

Lǎo nóngmín zhāngdà le yǎnjīng kànzhe tā. "Nǐ zěnme zhīdào de?"

Cháng'é bùxiǎng gàosù nóngmín tā shì cóng tiāntáng lái de, suǒyǐ tā méiyǒu huídá zhège wèntí. Tā zhǐshì shuō, "Wǒ tīngshuōguò guānyú zhège de yígè gùshi. Tīng shuō yǒu gè jiào Dì Jùn de tiānshén. Tā yǒu liǎng gè qīzi. Tā de yígè qīzi gěi tā shēng le shí gè érzi, zhèxiē érzi zài báitiān de tiānkōng zhōng biàn chéng le tàiyáng. Lìng yígè

又出现了九个太阳。现在天气太热了。几乎不下雨，当雨来时，地面几乎马上就又干了。河流变成尘土。庄稼正在死去。很快我们都会因为饿和渴而死去。"

<u>嫦娥</u>说，"我知道这些新太阳是从哪里来的。"

老农民张大了眼睛看着她。"你怎么知道的？"

<u>嫦娥</u>不想告诉农民她是从天堂来的，所以她没有回答这个问题。她只是说，"我听说过关于这个的一个故事。听说有个叫<u>帝俊</u>的天神。他有两个妻子。他的一个妻子给他生了十个儿子，这些儿子在白天的天空中变成了太阳。另一个

qīzi gěi tā shēng le shí'èr gè nǚ'ér, zhèxiē nǚ'ér biàn chéng le yèkōng zhōng de yuèliang."

"Wǒ bù zhīdào nàge gùshi," nóngmín shuō. "Dàn wǒ zhīdào zhèxiē tàiyáng zhèngzài shā sǐ wǒmen. Wǒ bù zhīdào wǒmen néng zuò shénme."

"Wǒ kěyǐ bāngmáng," Hòu Yì shuō. "Wǒ shì yì míng gōngjiànshǒu. Wǒ yào bǎ zhèxiē tàiyáng shè xiàlái."

Nóngmín kànzhe tā. "Shì de," tā shuō, "nǐ kàn qǐlái xiàng gè gōngjiànshǒu. Kěshì nǐ de gōng zài nǎlǐ, nǐ de jiàn zài nǎlǐ?"

Hòu Yì kànzhe Cháng'é shuō, "Wǒ méiyǒu bǎ tāmen dài lái."

"Nà wǒmen jiù dé gěi nǐ zuò yì bǎ xīn gōng hé yìxiē xīn jiàn," tā shuō.

妻子给他生了十二个女儿，这些女儿变成了夜空中的月亮。"

"我不知道那个故事，"农民说。"但我知道这些太阳正在杀死我们。我不知道我们能做什么。"

"我可以帮忙，"后羿说。"我是一名弓箭手。我要把这些太阳射下来。"

农民看着他。"是的，"他说，"你看起来像个弓箭手。可是你的弓在哪里，你的箭在哪里？"

后羿看着嫦娥说，"我没有把它们带来。"

"那我们就得给你做一把新弓和一些新箭，"她说。

Tāmen yīqǐ zuò le yì bǎ gōng hé shí jǐ zhī jiàn.

Nóngmín, tā de qīzi hé línjūmen dōu lái bāngmáng.

Tāmen zhǎodào mùtou zuò gōngjiàn, tāmen zhǎodào jīnshǔ fàng zài jiàn jiān shàng, tāmen zhǎodào niǎo de yǔmáo ràng jiàn fēi dé zhí. Jīngguò yígè xīngqī de gōngzuò, gōngjiàn yǐjīng zhǔnbèi hǎo le.

Dì èr tiān zǎoshang, shí gè tàiyáng zài míngliàng de tiānkōng zhōng yígè jiē yígè shēng qǐ. Hòu Yì yìzhí děngdào dì yí gè tàiyáng shēng dé hěn gāo hòu, ránhòu tā lā gōng, shèchū dì yī zhī jiàn. Tā fēi xiàng tiānkōng, shè zài nàge tàiyáng de zhōngxīn. Tàiyáng cóng tiānshàng diào le xiàlái. Dāng tā diào xiàng dìmiàn shí, biàn chéng le yì zhī sānjiǎo wūyā, fēi zǒu le.

Rénmen gāo hǎn, "Zuò dé hǎo! Bǎ liú xià de jǐ gè dōu shè xià!"

他们一起做了一把弓和十几支箭。农
民、他的妻子和邻居们都来帮忙。他们
找到木头做弓箭，他们找到金属放在箭
尖上，他们找到鸟的羽毛让箭飞得直。
经过一个星期的工作，弓箭已经准备好
了。

第二天早上，十个太阳在明亮的天空中
一个接一个升起。<u>后羿</u>一直等到第一个
太阳升得很高后，然后他拉弓，射出第
一支箭。它飞向天空，射在那个太阳的
中心。太阳从天上掉了下来。当它掉向
地面时，变成了一只三脚乌鸦，飞走
了。

人们高喊，"做得好！把留下的几个都
射下！"

Dàn Hòu Yì bìng méiyǒu shè qítā de tàiyáng. Tā bǎ gōngjiàn fàng zài dìshàng. Ránhòu tā xiàng tiānkōng hǎn dào, "nǐmen zhèxiē tàiyáng! Tīng wǒ shuō! Nǐmen bìxū tíngzhǐ shāo dìqiú, shā rénlèi. Rúguǒ nǐmen bù tíng xiàlái, wǒ jiù bǎ nǐmen shè xiàlái."

Dàn tàiyáng méiyǒu tīng dào tā de shēngyīn. Huòzhě tāmen tīng dào le tā de shēngyīn, dàn bùxiǎng tíngzhǐ.

Yúshì, Hòu Yì ná qǐ le tā de gōngjiàn. Tā shè le dì èr gè tàiyáng, ránhòu shì dì sān gè, ránhòu shì dì sì gè. Tā bù tíng de shè, tàiyáng bù tíng de diào xià, ránhòu biàn chéng sānjiǎo wūyā. Wūyā fēi xiàng le xīfāng. Tā shè xià le jiǔ gè tàiyáng. Xiànzài tiānkōng zhōng zhǐ liú xià yígè tàiyáng le.

但<u>后羿</u>并没有射其他的太阳。他把弓箭放在地上。然后他向天空喊道，"你们这些太阳！听我说！你们必须停止烧地球、杀人类。如果你们不停下来，我就把你们射下来。"

但太阳没有听到他的声音。或者他们听到了他的声音，但不想停止。

于是，<u>后羿</u>拿起了他的弓箭。他射了第二个太阳，然后是第三个，然后是第四个。他不停地射，太阳不停地掉下，然后变成三脚乌鸦。乌鸦飞向了西方。他射下了九个太阳。现在天空中只留下一个太阳了。

Dì Sān Zhāng: Yīngxióng De Jiǎnglì

Zài tiāntáng lǐ, shénxiānmen kànzhe Hòu Yì yígè jiē yígè de shè xià tàiyáng. Dì Jùn hé tā de qīzi Xī Hé kàn dào zhège niánqīng rén shè xià le tāmen de jiǔ gè érzi, fēicháng shēngqì. Tāmen xiǎng sòng yídào shǎndiàn xiàlái shā sǐ Hòu Yì, dàn Yùhuáng Dàdì jǔ qǐ shǒu shuōdào, "Bù, búyào shānghài nàge niánqīng rén hé tā de qīzi. Tāmen zhèngzài jiù rénlèi shìjiè de rén hé dòngwù. Zài nǐmen bǎ nǐmen de érzi sòng shàng tiānkōng qù shāo le tāmen de shìjiè zhīqián, nǐ yīnggāi xiān xiǎng xiǎng rénlèi shìjiè."

Dì Jùn hé Xī Hé háishì hěn shēngqì, dàn tāmen bù gǎn yǔ huángdì zhēnglùn.

Dì Jùn de lìng yí wèi qīzi Cháng Xī shuō, "Kěshì wǒ de yuèliang nǚ'érmen ne? Tāmen méiyǒu zuò rènhé shānghài de shì. Rúguǒ nàge niánqīng de gōngjiànshǒu yě bǎ tāmen shè

第三章：英雄的奖励

在天堂里，神仙们看着后羿一个接一个地射下太阳。帝俊和他的妻子羲和看到这个年轻人射下了他们的九个儿子，非常生气。他们想送一道闪电下来杀死后羿，但玉皇大帝举起手说道，"不，不要伤害那个年轻人和他的妻子。他们正在救人类世界的人和动物。在你们把你们的儿子送上天空去烧了他们的世界之前，你应该先想想人类世界。"

帝俊和羲和还是很生气，但他们不敢与皇帝争论。

帝俊的另一位妻子常羲说，"可是我的月亮女儿们呢？她们没有做任何伤害的事。如果那个年轻的弓箭手也把她们射

xiàlái zěnme bàn?"

Yùhuáng Dàdì xiǎng le xiǎng. "Nǐ shuō dé duì, yuèliang nǚ'ér méiyǒu tàiyáng nàme yǒu wēihài. Dànshì, tāmen hái zài dài lái máfan. Nóngmínmen yánjiū le yuèliang de huódòng. Nàxiē huódòng gàosù tāmen shénme shíhòu zhòng zhuāngjià, shénme shíhòu shōuhuò. Dàn yèkōng zhōng yǒu zhème duō yuèliang, nóngmínmen hěn nán gōngzuò. Wǒ qù hé zhège niánqīng rén tán tán."

"Bù, wǒ huì qù de," Wángmǔ Niángniáng shuō. "Wǒ hěn liǎojiě Cháng'é. Tā shì wǒ de púrén. Wǒ huì hé tā hái yǒu tā de zhàngfu tán tán." Yùhuáng Dàdì tóngyì le.

Wángmǔ Niángniáng huī le huīshǒu. Tā cóng gōngdiàn zhōng xiāoshī le, chūxiàn zài le rénlèi shìjiè. Tā biàn chéng yígè nǚ dàoshi, yígè dàogū de yàngzi. Tā chuānzhe yí jiàn kuān

下来怎么办？"

<u>玉皇大帝</u>想了想。"你说得对，月亮女儿没有太阳那么有危害。但是，她们还在带来麻烦。农民们研究了月亮的活动。那些活动告诉他们什么时候种庄稼，什么时候收获。但夜空中有这么多月亮，农民们很难工作。我去和这个年轻人谈谈。"

"不，我会去的，"<u>王母娘娘</u>说。"我很了解<u>嫦娥</u>。她是我的仆人。我会和她还有她的丈夫谈谈。"<u>玉皇大帝</u>同意了。

<u>王母娘娘</u>挥了挥手。她从宫殿中消失了，出现在了人类世界。她变成一个女道士，一个道姑的样子。她穿着一件宽

sōng, dà xiùzi de huángsè sīchóu cháng yī. Cháng cháng de hēi fà yòng fàzān shù qǐ, yíbùfèn tóufà yòng sīchóu tóujīn gài zhù. Tā de bózǐ shàng guàzhe yíkuài yù hé yìtiáo gè zhǒng yánsè de xiàngliàn. Tā de yǎnjīng fāchū míngliàng de lán sè.

Tā kàn dào Hòu Yì hé Cháng'é hái yǒu qítā jǐ gè rén zhàn zài yīqǐ. "Hòu Yì," tā shuō, "nǐ zhīdào wǒ shì shuí ma?"

"Shì de, Wángmǔ Niángniáng," Hòu Yì huídá. Dàjiā dōu xiàng Wángmǔ Niángniáng kētóu.

Tā shuō, "Nǐ shā sǐ le tiānkōng zhōng shí gè tàiyáng zhōng de jiǔ gè. Zhè jiù le rénlèi shìjiè xǔduō rén de shēngmìng. Dàn nǐ bùnéng shè xià dì shí gè tàiyáng. Rúguǒ nǐ zhèyàng zuò, hēi'àn jiù huì gài zhù dàdì, érqiě huì bǐ yǐqián gèng bù hǎo."

松、大袖子的黄色丝绸长衣。长长的黑发用发簪束起，一部分头发用丝绸头巾盖住。她的脖子上挂着一块玉和一条各种颜色的项链。她的眼睛发出明亮的蓝色。

她看到后羿和嫦娥还有其他几个人站在一起。"后羿，"她说，"你知道我是谁吗？"

"是的，王母娘娘，"后羿回答。大家都向王母娘娘磕头。

她说，"你杀死了天空中十个太阳中的九个。这救了人类世界许多人的生命。但你不能射下第十个太阳。如果你这样做，黑暗就会盖住大地，而且会比以前更不好。"

"Dāngrán, Wángmǔ Niángniáng," Hòu Yì shuō. "Dànshì yèkōng zhōng de nàxiē yuèliang ne?"

"Búyào dānxīn tāmen," Wángmǔ Niángniáng huídá. "Wǒ huì jiějué zhè jiàn shì de. Xiànzài, nǐ wèi bāngzhù wǒ hé rénlèi shìjiè zuò le hěnduō gōngzuò. Wǒ néng wèi nǐ zuò xiē shénme?"

Hòu Yì méiyǒu shuōhuà, xiǎng le xiǎng. Cháng'é kāikǒu shuō, "Wángmǔ Niángniáng , shì tiāntáng sòng wǒmen guòlái de, wǒmen bìxū hé zhèlǐ de rén zhù zài yīqǐ. Wǒmen xǐhuān zhèlǐ, dàn wǒmen zhīdào wǒmen dōuhuì sǐ, jiù xiàng suǒyǒu rénlèi dōuhuì sǐ yíyàng. Rúguǒ búshì tài kùnnán, qǐng gěi wǒmen yìxiē chángshēng bùlǎo yào hǎo ma? Zhèyàng wǒmen kěnéng huì chángshēng."

"Dāngrán," Wángmǔ Niángniáng shuō. Tā bǎ shǒu shēn jìn cháng yī de xiùzi lǐ, ná chū yígè xiǎo píngzi. "Zhèlǐ

"当然，王母娘娘，"后羿说。"但是夜空中的那些月亮呢？"

"不要担心它们，"王母娘娘回答。"我会解决这件事的。现在，你为帮助我和人类世界做了很多工作。我能为你做些什么？"

后羿没有说话，想了想。嫦娥开口说，"王母娘娘，是天堂送我们过来的，我们必须和这里的人住在一起。我们喜欢这里，但我们知道我们都会死，就像所有人类都会死一样。如果不是太困难，请给我们一些长生不老药好吗？这样我们可能会长生。"

"当然，"王母娘娘说。她把手伸进长衣的袖子里，拿出一个小瓶子。"这里

yǒu yìxiē chángshēng bùlǎo de yào. Tōngcháng,
zhǐyǒu nàxiē zài dàoshàng yǒu dà zhìhuì de rén
cáinéng dédào zhèxiē yào. Dàn wǒ xiànzài bǎ tā gěi
nǐ." Ránhòu tā bǎ yào gěi le Hòu Yì, yīnwèi tā shì shè
xià jiǔ gè tàiyáng de rén.

Hòu Yì hěn gǎnxiè zhè lǐwù, dàn tā kàn dào Wángmǔ
Niángniáng zhǐ gěi le tā zhǐ gòu yígè rén yòng de
yào. Rúguǒ tā de qīzi bùnéng yǒngyuǎn zài tā
shēnbiān, tā jiù bùxiǎng chángshēng. Tā juédìng tā
zìjǐ búyòng chángshēng bùlǎo yào. Hòu Yì bǎ yào gěi
le Cháng'é.

Tāmen huí le jiā, Cháng'é bǎ yào fàng zài chuáng
dǐxià.

有一些长生不老的药。通常，只有那些在道上有大智慧的人才能得到这些药。但我现在把它给你。"然后她把药给了<u>后羿</u>，因为他是射下九个太阳的人。

<u>后羿</u>很感谢这礼物，但他看到<u>王母娘娘</u>只给了他只够一个人用的药。如果他的妻子不能永远在他身边，他就不想长生。他决定他自己不用长生不老药。<u>后羿</u>把药给了<u>嫦娥</u>。

他们回了家，<u>嫦娥</u>把药放在床底下。

Dì Sì Zhāng: Fēi Xiàng Yuèliang

Hòu Yì shè xià jiǔ gè tàiyáng hòu, rénlèi shìjiè de
shēnghuó biàn dé hǎo le hěnduō. Tiānqì yòu huí dào
le yǐqián de yàngzi. Yǔ huílái le, hé lǐ chōngmǎn
héshuǐ, zhuāngjia zhǎng dé búcuò. Rénmen yǒu
zúgòu de shíwù. Dàjiā dōu hěn gǎnxiè Hòu Yì hé
Cháng'é.

Zhè duì Cháng'é lái shuō méiyǒu shénme, kěnéng
shì yīnwèi tā shēng xiàlái jiùshì shénxiān, bú
shòudào rénmen xiǎngfǎ de yǐngxiǎng. Dàn Hòu Yì
yǐqián shì tiānshàng de púrén, yǐqián cónglái méiyǒu
rén zhùyìguò tā. Dāng tā zài rénlèi shìjiè biàn dé yuè
lái yuè yǒumíng, tā kāishǐ biàn le.

Tā kāishǐ rènwéi zìjǐ shì yí wèi wěidà de guówáng. Tā
bǎ rén jù zài tā zhōuwéi, bǎ tāmen xùnliàn chéngwéi
gōngjiànshǒu hé shìbīng. Tā yào zìjǐ chéngwéi cūnlǐ
de lǎodà. Dàn hěn kuài, zhè duì tā lái shuō yǐjīng
búgòu le.

第四章：飞向月亮

后羿射下九个太阳后，人类世界的生活变得好了很多。天气又回到了以前的样子。雨回来了，河里充满河水，庄稼长得不错。人们有足够的食物。大家都很感谢后羿和嫦娥。

这对嫦娥来说没有什么，可能是因为她生下来就是神仙，不受到人们想法的影响。但后羿以前是天上的仆人，以前从来没有人注意过他。当他在人类世界变得越来越有名，他开始变了。

他开始认为自己是一位伟大的国王。他把人聚在他周围，把他们训练成为弓箭手和士兵。他要自己成为村里的老大。但很快，这对他来说已经不够了。

Yǒu yìtiān, Cháng'é tīng dào tā de zhàngfu hé tā de rén zài shuōhuà. "Yùhuáng Dàdì zuò dé bù hǎo," tā tīng dào zhàngfu shuō. "Tā ràng Dì Jùn bǎ nàxiē tàiyáng dōu fàng dào le tiānkōng zhōng, jīhū pòhuài le rénlèi shìjiè. Wǒ juédé tā tài lǎo le, bú shìhé zuò zhè fèn gōngzuò. Wǒmen xūyào yígè xīnrén. Shuí huì gēn wǒ qù tiāntáng, bāngzhù wǒ zuò shàng bǎozuò ne?"

Suǒyǒu de rén dōu tiào qǐlái, dà hǎn dào, "Wǒmen gēn nǐ yīqǐ qù!"

Cháng'é dānxīn tā kěnéng zhēn de xiǎng yào ná xià Yùhuáng Dàdì. Tā xiǎngdào le chángshēng bùlǎo yào. Rúguǒ Hòu Yì hē le yào, tā jiù huì chéngwéi shénxiān, nà huì ràng tā gèng róngyì xiǎng qù chéngwéi tiāndì. Cháng'é xiǎng yào zìjǐ hē yào, qù jiù tiāntáng. Dàn yīnwèi Wángmǔ Niángniáng yǐjīng bǎ yào gěi le Hòu Yì, rúguǒ tā bǎ yào hē le, tā juédé zhèyàng zuò bù hǎo. Suǒyǐ tā shénme yě méi zuò.

有一天，<u>嫦娥</u>听到她的丈夫和他的人在说话。"<u>玉皇大帝</u>做得不好，"她听到丈夫说。"他让<u>帝俊</u>把那些太阳都放到了天空中，几乎破坏了人类世界。我觉得他太老了，不适合做这份工作。我们需要一个新人。谁会跟我去天堂，帮助我坐上宝座呢？"

所有的人都跳起来，大喊道，"我们跟你一起去！"

<u>嫦娥</u>担心他可能真的想要拿下<u>玉皇大帝</u>。她想到了长生不老药。如果<u>后羿</u>喝了药，他就会成为神仙，那会让他更容易想去成为天帝。<u>嫦娥</u>想要自己喝药，去救天堂。但因为<u>王母娘娘</u>已经把药给了<u>后羿</u>，如果她把药喝了，她觉得这样做不好。所以她什么也没做。

57

Yígè jiào Péng Méng de rén shì Hòu Yì de rén. Tā yěshì yì míng gōngjiànshǒu, suīrán méiyǒu Hòu Yì nàme hǎo. Tā shì yígè dà gèzi, yígè yōuxiù de zhànshì, érqiě fēicháng yǒu yěxīn. Péng Méng tīng Hòu Yì shuōguò chángshēng bùlǎo yào, tā xiǎng zìjǐ dédào tā.

Yǒu yìtiān, Hòu Yì chūqù dǎliè. Zhè shì bā yuè de dì shíwǔ tiān. Cháng'é zìjǐ yígèrén zàijiā. Péng Méng qù le tāmen de jiā, tuī kāi dàmén. "Chángshēng bùlǎo yào zài nǎlǐ?" tā dà hǎn.

Cháng'é zhīdào zìjǐ búgòu qiángdà, méiyǒu bànfǎ dǎ yíng Péng Méng. Tā pǎo jìn shuìjiào fángjiān, ná qǐ nà píng chángshēng bùlǎo yào, hěn kuài jiù bǎ tā hē wán le. Péng Méng kànzhe Cháng'é de shuāng jiǎo líkāi dìmiàn. Cháng'é fēiguò xiǎo fángzi de fáng dǐng, xiāoshī zài tiānkōng zhōng.

Tā fēi de shíhòu, xiàng xià kàn. Tā kěyǐ kàn dào tā de

一个叫蓬蒙的人是后羿的人。他也是一名弓箭手，虽然没有后羿那么好。他是一个大个子，一个优秀的战士，而且非常有野心。蓬蒙听后羿说过长生不老药，他想自己得到它。

有一天，后羿出去打猎。这是八月的第十五天。嫦娥自己一个人在家。蓬蒙去了他们的家，推开大门。"长生不老药在哪里？"他大喊。

嫦娥知道自己不够强大，没有办法打赢蓬蒙。她跑进睡觉房间，拿起那瓶长生不老药，很快就把它喝完了。蓬蒙看着嫦娥的双脚离开地面。嫦娥飞过小房子的房顶，消失在天空中。

她飞的时候，向下看。她可以看到她的

fángzǐ hé yuǎn chù de cūnzi. Tā tái qǐ tóu. Tiāntáng fēicháng fēicháng yuǎn. Cháng'é bù qīngchǔ zìjǐ shì búshì xiǎng huí tiāntáng, yīnwèi tā yǔ Yùhuáng Dàdì zhījiān yǒu zhēnglùn.

Ránhòu tā kàn dào le yuèliang. Xiànzài zhǐyǒu yígè yuèliang, yīnwèi Wángmǔ Niángniáng yǐjīng bǎ qítā de yuèliang biàn chéng le xíngxīng hé héngxīng. Zhège yuèliang shì lǎo yuèliang, shì Cháng'é hé tā de jiěmèimen chūshēng yǐqián zài tiānkōng zhōng de nàge yuèliang. Tā guà zài tiānkōng zhōng, yòu dà yòu liàng.

Yuèliang yòu lěng yòu kōng. Nàlǐ méiyǒu rén. Méiyǒu shénxiān lái zhǎo máfan. Érqiě tā lí rénlèi shìjiè hé tā de zhàngfu Hòu Yì hěn jìn. Tā juédìng fēi xiàng yuèliang.

Tā fēi xiàng yuèliang, chéngwéi Yuèliang Nǚshén, bǎ tā de zhàngfu liú zài le rénjiān.

房子和远处的村子。她抬起头。天堂非常非常远。嫦娥不清楚自己是不是想回天堂，因为她与玉皇大帝之间有争论。

然后她看到了月亮。现在只有一个月亮，因为王母娘娘已经把其他的月亮变成了行星和恒星。这个月亮是老月亮，是嫦娥和她的姐妹们出生以前在天空中的那个月亮。它挂在天空中，又大又亮。

月亮又冷又空。那里没有人。没有神仙来找麻烦。而且它离人类世界和她的丈夫后羿很近。她决定飞向月亮。

她飞向月亮，成为月亮女神，把她的丈夫留在了人间。

Dì Wǔ Zhāng: Gūdú de Hòu Yì

Dāng Péng Méng kàn dào Cháng'é cóng tā jiā de fáng dǐng fēi guò shí, tā fēicháng hàipà. Érqiě tā yě bùxiǎng gěi Hòu Yì zhǎo máfan. Suǒyǐ tā pǎo qù zhǎo tā de lǎodà.

"Cháng'é zǒu le!" tā gàosù Hòu Yì. "Nà shí wǒ zhèng jīngguò nǐ jiā. Wǒ táitóu kàn, kàn dào tā cóng fáng dǐng fēi le chūqù. Tā fēi shàng tiānkōng, bújiàn le!"

Hòu Yì tīng dào Cháng'é de shìqing, xīnlǐ bù shūfú. Tā kàn xiàng yèwǎn de tiānkōng, dà hǎn dào, "Cháng'é! Nǐ zài nǎlǐ?"

Ránhòu tā kànzhe yuèliang, tā gāng cóng dōngfāng shēng qǐ. Nàtiān wǎnshàng yuèliang hǎoxiàng fēicháng míngliàng. Tā gèng zǐxì de kàn yuèliang. Tā kàn dào le yígè zhǎng dé hěn xiàng Cháng'é de nǚrén.

第五章：孤独的后羿

当蓬蒙看到嫦娥从她家的房顶飞过时，他非常害怕。而且他也不想给后羿找麻烦。所以他跑去找他的老大。

"嫦娥走了！"他告诉后羿。"那时我正经过你家。我抬头看，看到她从房顶飞了出去。她飞上天空，不见了！"

后羿听到嫦娥的事情，心里不舒服。他看向夜晚的天空，大喊道，"嫦娥！你在哪里？"

然后他看着月亮，它刚从东方升起。那天晚上月亮好像非常明亮。他更仔细地看月亮。他看到了一个长得很像嫦娥的女人。

Gāng kāishǐ, Hòu Yì hěn shēngqì. Tā bù zhīdào shì yīnwèi Péng Méng cái ràng Cháng'é hē xià le yào. Tā yǐwéi tā de qīzi líkāi le tā. Tā zhuā qǐ gōngjiàn, xiǎng yào bǎ Cháng'é shè xià. Dàn tā tài shēngqì le, suǒyǐ měi yí jiàn tā dōu méi shè zhòng.

Suízhe shíjiān de guòqù, Hòu Yì yuè lái yuè bù shēngqì le, tā kāishǐ xiǎngniàn tā de qīzi. Tā jīngcháng táitóu kànzhe yuèliang, xiǎngzhe Cháng'é yídìng shì nàme de gūdú.

Tā wèi shè yuèliang gǎndào bù gāoxìng, yě wèi xiǎng yào qǔ Yùhuáng Dàdì de bǎozuò gǎndào hěn yúchǔn. Suǒyǐ wèi le ràng Cháng'é bú nàme gūdú, yě wèi le biǎoshì tā bú zài duì tā shēngqì, Hòu Yì kāishǐ měitiān wǎnshàng bǎ tā zuì xǐhuān de tiándiǎn hé shuǐguǒ fàng zài wàimiàn. Jǐ xīngqī hòu, tā juédìng zào yízuò sìmiào. Sìmiào wánchéng hòu, tā měitiān wǎnshàng dōu qù nàlǐ, gěi tā liú xià shíwù, xīwàng néng

刚开始，后羿很生气。他不知道是因为蓬蒙才让嫦娥喝下了药。他以为他的妻子离开了他。他抓起弓箭，想要把嫦娥射下。但他太生气了，所以每一箭他都没射中。

随着时间的过去，后羿越来越不生气了，他开始想念他的妻子。他经常抬头看着月亮，想着嫦娥一定是那么的孤独。

他为射月亮感到不高兴，也为想要取玉皇大帝的宝座感到很愚蠢。所以为了让嫦娥不那么孤独，也为了表示他不再对她生气，后羿开始每天晚上把她最喜欢的甜点和水果放在外面。几星期后，他决定造一座寺庙。寺庙完成后，他每天晚上都去那里，给她留下食物，希望能

zài yuèliang qián jiàn dào tā.

Cūnlǐ de rén kànzhe Hòu Yì zào sìmiào, tāmen kàn dào tā měi wǎn dōu táitóu kàn yuèliang. Hěn kuài, tāmen yě kāishǐ táitóu kàn yuèliang, xiǎng yào kàn dào yuèliang qián de Cháng'é. Yǒushí tāmen kàn dào tā, dàn yǒushí rénmen shuō tāmen kěyǐ kàn dào yì zhī tùzi.

在月亮前见到她。

村里的人看着后羿造寺庙，他们看到他每晚都抬头看月亮。很快，他们也开始抬头看月亮，想要看到月亮前的嫦娥。有时他们看到她，但有时人们说他们可以看到一只兔子。

Dì Liù Zhāng: Yùtù

Zài yuèliang shàng, Cháng'é fāxiàn zìjǐ yǒu le shénqí
de lìliàng. Tā yòng mófǎ zào le yízuò gōngdiàn, tā
jiào tā wèi Guǎng Hán Gōng. Tā yòng bīng, xuě hé
shítou zào zhège gōngdiàn, bìng yígè rén zài nàlǐ
shēnghuó le hěnduō nián.

Gōngdiàn yǒu sìzuò gāodà de yín tǎ. Tā de qiáng shì
yòng tòumíng de bīng zuò chéng de. Qiáng shàng
yǒu lóngzi hé shuǐchí, lǐmiàn yǒu niǎo hé yú. Cóng
yuǎn chù kàn, zhè zuò gōngdiàn hǎoxiàng shì yóu
fāguāng de bōlí zuò chéng de. Gōngdiàn de
zhōngjiān shì yígè dà huāyuán, lǐmiàn zhòng mǎn le
jǐ bǎi zhǒng bùtóng de zhíwù hé cǎoyào.

Cháng'é xiǎng yào zuò diǎn shénme, suǒyǐ tā
juédìng xuéxí zěnme zuò chángshēng bùlǎo yào. Tā
jìdé dāng tā shēnghuó zài tiāntáng shí, bāngzhùguò
Wángmǔ Niángniáng. Tā cóng tā de huāyuán lǐ zhǎo
le xǔduō bùtóng de cǎoyào hé huā, bìng shì le xǔ

第六章：玉兔

在月亮上，<u>嫦娥</u>发现自己有了神奇的力量。她用魔法造了一座宫殿，她叫它为<u>广寒宫</u>。她用冰、雪和石头造这个宫殿，并一个人在那里生活了很多年。

宫殿有四座高大的银塔。它的墙是用透明的冰做成的。墙上有笼子和水池，里面有鸟和鱼。从远处看，这座宫殿好像是由发光的玻璃做成的。宫殿的中间是一个大花园，里面种满了几百种不同的植物和草药。

<u>嫦娥</u>想要做点什么，所以她决定学习怎么做长生不老药。她记得当她生活在天堂时，帮助过<u>王母娘娘</u>。她从她的花园里找了许多不同的草药和花，并试了许

duō bùtóng de fāngfǎ lái zuò chángshēng bùlǎo yào.

Tā hěn máng, dàn yǒushí tā huì gǎndào gūdú. Tā xǐhuān zuò xiàlái yǔ niǎo hé yú shuōhuà, dàn tāmen bú huì shuō tā de yǔyán.

Yìtiān, Cháng'é tīng dào huánggōng dàmén chuán lái guā dōngxi de shēngyīn. Tā zǒu dào dà mén qián, dǎkāi le mén. Yì zhī dà bái tù zhàn zài nàlǐ. "Nǐ hǎo!" Tùzi shuō.

"Nǐ shì shuí? Nǐ zěnme huì hé wǒ shuōhuà?" Cháng'é wèn.

"Nǐ kěyǐ jiào wǒ Yùtù," tùzi yáozhe tā de ěrduǒ shuōdào. "Nàme, wǒ shì zěnme lái dào zhèlǐ de, wǒ yòu zěnme néng hé nǐ shuōhuà, nà jiùshì yígè hěn yǒuqù de gùshi le."

"Hǎo ba, qǐng jìnlái. Wǒ xiǎng tīng tīng nǐ de gù

多不同的方法来做长生不老药。

她很忙，但有时她会感到孤独。她喜欢坐下来与鸟和鱼说话，但它们不会说她的语言。

一天，<u>嫦娥</u>听到皇宫大门传来刮东西的声音。她走到大门前，打开了门。一只大白兔站在那里。"你好！"兔子说。

"你是谁？你怎么会和我说话？"<u>嫦娥</u>问。

"你可以叫我<u>玉兔</u>，"兔子摇着她的耳朵说道。"那么，我是怎么来到这里的，我又怎么能和你说话，那就是一个很有趣的故事了。"

"好吧，请进来。我想听听你的故

shi."

Tùzi cóng dàmén tiào le jìnlái. Cháng'é dàizhe tā lái dào le huánggōng lǐ yì jiān shūshì de fángjiān. Gěi tā dào le yìbēi chá, děngzhe tīng tā yào shuō xiē shénme.

Tùzi hē le yì xiǎokǒu chá, shuōdào, "Hěnjiǔ yǐqián de yìtiān, Yùhuáng Dàdì zǒuchū le huánggōng. Tā gǎibiàn le zìjǐ de yàngzi, kàn qǐlái jiù xiàng yígè yòu qióng yòu è de lǎorén. Tā yù dào le sān zhī dòngwù: yì zhī hóuzi, yì zhī húli hé yì zhī tùzi, tāmen zuò zài huǒ duī páng. 'Nǐ yǒu shíwù gěi wǒ ma?' tā wèn hóuzi. Hóuzi zhǎo le yìxiē shuǐguǒ gěi lǎorén. 'Nǐ yǒu shíwù gěi wǒ ma?' lǎorén wèn húli. Húli zhuā le yìtiáo yú, bǎ tā gěi le lǎorén. Ránhòu tā zhuǎnxiàng wǒ. Tā shuō, 'Nà nǐ ne, wǒ de xiǎopéngyǒu, nǐ yǒu méiyǒu shíwù gěi wǒ chī de ne?' Wǒ méiyǒu shénme kěyǐ gěi tā de. Suǒyǐ wǒ tiào jìn huǒ lǐ, bǎ zìjǐ

事。"

兔子从大门跳了进来。嫦娥带着她来到了皇宫里一间舒适的房间。给她倒了一杯茶，等着听她要说些什么。

兔子喝了一小口茶，说道，"很久以前的一天，玉皇大帝走出了皇宫。他改变了自己的样子，看起来就像一个又穷又饿的老人。他遇到了三只动物：一只猴子、一只狐狸和一只兔子，它们坐在火堆旁。'你有食物给我吗？'他问猴子。猴子找了一些水果给老人。'你有食物给我吗？'老人问狐狸。狐狸抓了一条鱼，把它给了老人。然后他转向我。他说，'那你呢，我的小朋友，你有没有食物给我吃的呢？'我没有什么可以给他的。所以我跳进火里，把自己

zuò chéng shíwù gěi lǎorén. Yùhuáng Dàdì bèi wǒ zuò de shì gǎndòng le. Tā jiù le wǒ, gěi le wǒ shuōhuà hé chángshēng de nénglì. Ránhòu tā sòng wǒ lái zhè yuèliang shàng shēnghuó, zài zhèlǐ wǒ bèi jiàozuò Yùtù.

"Nǐ zài zhèlǐ zhù le duōjiǔ?" Cháng'é wèn.

"Jǐ qiān nián le. Wǒ bù zhīdào yǒu duōjiǔ."

"Nǐ yídìng hěn gūdú."

"Ǹ, zhìshǎo méiyǒu húli lái zhuī wǒ."

"Ǹ, wǒ hěn gāoxìng rènshí nǐ! Rúguǒ nǐ yuànyì, nǐ kěyǐ hé wǒ yīqǐ zhù zài Guǎng Hán Gōng lǐ. Wǒ xūyào yǒurén bāng wǒ zhǔnbèi chángshēng bùlǎo yào de cǎoyào."

"Dāngrán, wǒ hěn yuànyì!"

Yúshì, Yùtù bān jìn le Yuèliang Nǚshén de gōngdiàn. Tā

做成食物给老人。<u>玉皇大帝</u>被我做的事感动了。他救了我，给了我说话和长生的能力。然后他送我来这月亮上生活，在这里我被叫做<u>玉兔</u>。

"你在这里住了多久？"<u>嫦娥</u>问。

"几千年了。我不知道有多久。"

"你一定很孤独。"

"嗯，至少没有狐狸来追我。"

"嗯，我很高兴认识你！如果你愿意，你可以和我一起住在<u>广寒宫</u>里。我需要有人帮我准备长生不老药的草药。"

"当然，我很愿意！"

于是，<u>玉兔</u>搬进了<u>月亮女神</u>的宫殿。她

xuéhuì le zěnme yòng jiǎo bǎ cǎoyào dǎo chéng fěn. Tā wèi shēngbìng de rén zhǔnbèi yào, Cháng'é bǎ yào sòng dào rénjiān. Dāngrán, tāmen méiyǒu sòng rènhé chángshēng bùlǎo de yào.

学会了怎么用脚把草药捣成粉。她为生病的人准备药，嫦娥把药送到人间。当然，她们没有送任何长生不老的药。

学会了怎么用脚把草药捣成粉。她为生病的人准备药，嫦娥把药送到人间。当然，她们没有送任何长生不老的药。

Dì Qī Zhāng: Kǎn Mùtou De Rén

Zài rénjiān, zhōngqiū de yígè wǎnshàng, Táng
huángdì hé liǎng gè dàoshi péngyǒu zuò zài yīqǐ
hējiǔ. "Gěi wǒmen biǎoyǎn yìxiē mófǎ ba!" Táng
huángdì shuō.

"Méi wèntí, bìxià," yí wèi móshùshī shuō. Tā ná qǐ
zhú zhàng, bǎ tā rēng xiàng kōngzhōng. Tā biàn
chéng le yízuò tiānqiáo. "Qǐng gēn wǒ lái!" Sān gè
rén yīqǐ pá shàng le yuèliang.

Dāng tāmen lái dào yuèliang shí, tāmen kàn dào le
yízuò yóu bīng hé shítou zuò chéng de dà gōngdiàn.
Qiánmiàn yǒu yíkuài páizi, shàngmiàn xiězhe
"Guǎng Hán Gōng." Páizi fùjìn yǒu yì kē hěn dà de
guì shù, jìn liǎng lǐ gāo. Shùzhī shàng kāi mǎn le jīn
huángsè de xiǎohuā. Tāmen fāchū hǎo wén de
xiāngqì, chōngmǎn zài kōngqì zhōng.

第七章：砍木头的人

在人间，中秋的一个晚上，<u>唐</u>皇帝和两个道士朋友坐在一起喝酒。"给我们表演一些魔法吧！"<u>唐</u>皇帝说。

"没问题，陛下，"一位魔术师说。他拿起竹杖，把它扔向空中。它变成了一座天桥。"请跟我来！"三个人一起爬上了月亮。

当他们来到月亮时，他们看到了一座由冰和石头做成的大宫殿。前面有一块牌子，上面写着"<u>广寒宫</u>"。牌子附近有一棵很大的桂树，近两里高。树枝上开满了金黄色的小花。它们发出好闻的香气，充满在空气中。

Zài shù pángbiān de dìshàng, tāmen kàn dào yígè názhe fǔtóu de nánrén. Tā bǎ fǔtóu zá xiàng shùgàn. Jiù zài tāmen kànzhe de shíhòu, yígè měilì de nǚrén cóng gōngdiàn lǐ zǒu le chūlái. Yì zhī dà bái tù cóng tā shēnbiān zǒuguò.

"Péngyǒumen, nǐmen hǎo," tā shuō. "Wǒ shì Yuèliang Nǚshén Cháng'é. Nǐmen lái wǒjiā yǒushì ma?"

Yí wèi móshùshī huídá shuō, "Wěidà de nǚshén a, qǐng gàosù wǒmen, wèishénme zhège nánrén yào kǎn dǎo zhè kē měilì de shù?"

Cháng'é huídá shuō, "Nà shì Wú Gāng. Tā yǐqián hé nǐmen yíyàng xué Dào. Tā xiǎng xuéxí chángshēng de mìmi. Dàn tā hěn lǎn, bùxiǎng zuò xuéxí mìmi suǒ xūyào de gōngzuò. Tā bù tíng de cóng yì zhǒng fāngfǎ tiào dào lìng yì zhǒng fāngfǎ, dàn tā cónglái méiyǒu yòng tā de shíjiān qù hǎo hǎo xué

在树旁边的地上，他们看到一个拿着斧头的男人。他把斧头砸向树干。就在他们看着的时候，一个美丽的女人从宫殿里走了出来。一只大白兔从她身边走过。

"朋友们，你们好，"她说。"我是<u>月亮女神嫦娥</u>。你们来我家有事吗？"

一位魔术师回答说，"伟大的女神啊，请告诉我们，为什么这个男人要砍倒这棵美丽的树？"

<u>嫦娥</u>回答说，"那是<u>吴刚</u>。他以前和你们一样学<u>道</u>。他想学习长生的秘密。但他很懒，不想做学习秘密所需要的工作。他不停地从一种方法跳到另一种方法，但他从来没有用他的时间去好好学

xí rènhé yì zhǒng fāngfǎ. Jīngguò xǔduō nián, tā de lǎoshī rènwéi Wú Gāng yǒngyuǎn bù kěnéng xué dào zhège mìmi, tā zhǐshì yòng le lǎoshī tài duō de shíjiān. Suǒyǐ tā bǎ Wú Gāng sòng dào zhèlǐ, ràng tā zhù zài yuèliang shàng."

"Kěshì tā wèishénme yào kǎn dǎo zhè kē shù ne?" móshùshī wèn.

"Tā de lǎoshī gěi le tā zhè fèn gōngzuò. Lǎoshī gàosù tā, tā yào zuò de jiùshì kǎn dǎo guì shù, ránhòu tā jiù néng chángshēng bùlǎo. Suǒyǐ tā bù tíng de yòng fǔtóu kǎn shù. Dàn tā shì yì kē shénqí de shù, měi cì bèi fǔtóu kǎn dào, tā dōuhuì mǎshàng huīfù. Suǒyǐ Wú Gāng yìzhí zài nǔlì kǎn shù, dàn shù cónglái méiyǒu gǎibiànguò."

"Duōme kěpà de chéngfá a!" móshùshī hǎn dào.

Cháng'é xiào le. "Gàosù wǒ, wǒ de péngyǒu, zhè shì chéngfá háishì lǐwù? Zhè huì bú huì shì tā jiānglái xuéxí

习任何一种方法。经过许多年，他的老师认为<u>吴刚</u>永远不可能学到这个秘密，他只是用了老师太多的时间。所以他把<u>吴刚</u>送到这里，让他住在月亮上。"

"可是他为什么要砍倒这棵树呢？"魔术师问。

"他的老师给了他这份工作。老师告诉他，他要做的就是砍倒桂树，然后他就能长生不老。所以他不停地用斧头砍树。但它是一棵神奇的树，每次被斧头砍到，它都会马上恢复。所以<u>吴刚</u>一直在努力砍树，但树从来没有改变过。"

"多么可怕的惩罚啊！"魔术师喊道。

<u>嫦娥</u>笑了。"告诉我，我的朋友，这是惩罚还是礼物？这会不会是他将来学习

dào de zuì hǎo fāngfǎ?"

Móshùshī gǎndào kǒu gān. Shuō bù chū huà lái.

Táng huángdì xiào dào, "Nǚshén, wǒmen gǎnxiè nǐ de zhìhuì, gǎnxiè nǐ zhàogù yuèliang, sòng yào gěi wǒmen. Wǒmen xiànzài jiù yào líkāi le."

Sān gè rén zhuàn shēn guò qiáo, huí dào le rénjiān. Hòulái, tāmen fāxiàn, měi cì dāng kàn dào yǒurén yícì yòu yícì de xiǎng yào zuò yìxiē bù kěnéng de shìqing shí, tāmen jiù huì shuō, "Wú Gāng kǎn shù." Jǐ nián hòu, měi gè zhōngguó rén dōu zhīdào zhè jù huà.

道的最好方法？"

魔术师感到口干。说不出话来。

唐皇帝笑道，"女神，我们感谢你的智慧，感谢你照顾月亮，送药给我们。我们现在就要离开了。"

三个人转身过桥，回到了人间。后来，他们发现，每次当看到有人一次又一次地想要做一些不可能的事情时，他们就会说，"吴刚砍树"。几年后，每个中国人都知道这句话[6]。

---

[6] This is a chengyu, a four-character Chinese idiom. This one, "Wu Gang chopping the tree," is 吴刚伐桂 (wúgāng fáguì). There are over 2,000 chengyu in the Chinese language.

Dì Bā Zhāng: Zhū

Cháng'é zài yuèliang shàng gūdú de shēnghuó le
sānqiānnián, shēnbiān zhǐyǒu tā de liǎng gè
péngyǒu Yùtù hé Wú Gāng. Hòulái tiāntáng lǐ
xiāntáo yòu shú le. Wángmǔ Niángniáng juédìng zài
jǔxíng yícì Xiāntáo Jié. Tā qǐng le Cháng'é.

Cháng'é hěn gāoxìng lái cānjiā Xiāntáo Jié. Cóng
huángdì sòng tā dào yuèliang shàng kāishǐ, yǐjīng
guòqù sānqiānnián le, tā xīwàng zàicì jiàn dào
huánggōng, zàicì jiàn dào shénxiān.

Jiérì de nàtiān, tā fēi xiàng le tiāntáng lǐ zuìgāo céng
de huánggōng. Gōngdiàn shì yòng báiyù hé jīnzi zào
de. Nà lǐ yǒu xiàng lóng yíyàng de zhùzi. Zài
tiānhuābǎn shàng, tā kěyǐ kàn dào xīngxīng,
fènghuáng hé gè zhǒng yánsè de huā. Dì shì yòng
bōlí hé tòumíng yùshí zuò chéng de, kěyǐ kànjiàn
xiàmiàn. Zhōngjiān shì bǎozuò, zhōuwéi shì huángsè
hé báisè de dēngguāng.

第八章：猪

嫦娥在月亮上孤独地生活了三千年，身边只有她的两个朋友玉兔和吴刚。后来天堂里仙桃又熟了。王母娘娘决定再举行一次仙桃节。她请了嫦娥。

嫦娥很高兴来参加仙桃节。从皇帝送她到月亮上开始，已经过去三千年了，她希望再次见到皇宫，再次见到神仙。

节日的那天，她飞向了天堂里最高层的皇宫。宫殿是用白玉和金子造的。那里有像龙一样的柱子。在天花板上，她可以看到星星、凤凰和各种颜色的花。地是用玻璃和透明玉石做成的，可以看见下面。中间是宝座，周围是黄色和白色的灯光。

Cháng'é cóng dàmén jìnrù gōngdiàn. Tā zǒuguò
zhàn zài liǎngbiān de sì dà Tiānwáng hé jǐ shí míng
dài wǔqì de shìwèi.

Dāng tā zǒu jìn huánggōng de gōngdiàn shí, suǒyǒu
rén dōu zhuǎn tóu kàn xiàng tā. Tā chuān yí jiàn
báisè hé yínsè de cháng yī, nà shì yuèguāng de
yánsè. Cháng yī yòu cháng yòu ruǎn, kuān xiù shàng
xiùzhe yún hé yuè xiàng túhuà, dōu shì qiǎn lán sè.
Tā dàizhe yìtiáo tā zài yuèliang shàng zhǎodào de
lánbǎoshí xiàngliàn. Tā hēisè de cháng fā yòng fā
zān shù qǐ. Yìtiáo bīng lán sè de sīchóu sōng sōng de
wéi zài tā de jiānbǎng shàng. Tā de jiǎo shàng
chuānzhe sīchóu xiézi, shàngmiàn xiùzhe tā de
péngyǒu Yùtù de túhuà.

Gōngdiàn lǐ dàochù dōu shì cóng tiāntáng lái de
shénxiān, dōu shì Yùhuáng Dàdì hé Wángmǔ
Niángniáng de kèrén. Tāmen shǒu lǐ názhe jiǔbēi, dī
shēng shuōzhe huà, yǒushí hái chī yì xiǎokǒu
xiāntáo.

嫦娥从大门进入宫殿。她走过站在两边的四大天王和几十名带武器的侍卫。

当她走进皇宫的宫殿时，所有人都转头看向她。她穿一件白色和银色的长衣，那是月光的颜色。长衣又长又软，宽袖上绣着云和月相图画，都是浅蓝色。她戴着一条她在月亮上找到的蓝宝石项链。她黑色的长发用发簪束起。一条冰蓝色的丝绸松松地围在她的肩膀上。她的脚上穿着丝绸鞋子，上面绣着她的朋友玉兔的图画。

宫殿里到处都是从天堂来的神仙，都是玉皇大帝和王母娘娘的客人。他们手里拿着酒杯，低声说着话，有时还吃一小口仙桃。

Cháng'é zǒu jìn gōngdiàn, xiàozhe, dàn méiyǒu hé
rènhé rén shuōhuà. Tā yǒudiǎn hàixiū, chú le Yùtù
hé Wú Gāng, yǐjīng hěnjiǔ méiyǒu hé rènhé rén
shuōhuà le. Tā kàn dào jǐ wèi shénxiān zhàn zài yīqǐ,
zǒu guòqù wènhǎo. Dàn jiù zài tā zǒu jìn tāmen shí,
fùjìn chuán lái le yígè hěn dà de shēngyīn. Tā zhuǎn
guòtóu qù kàn. Yígè gāodà, chuānzhe hěn hǎo yīfu
de nánrén dào zài le dìshàng.

Tā kàn dào méiyǒu rén pǎo guòqù bāngzhù nàge
nánrén. "Nàge nánrén shì shuí?" tā zhuǎnshēn wèn
zhàn zài tā pángbiān de yí wèi niánjì dà de nǚrén.

"Ò, nà shì Tiān Péng," nǚrén shuō. "Tā shì huángjiā
hǎi jūn yuánshuài. Tā zhǐhuīzhe bā wàn shìbīng hé
Yínhéxì lǐ suǒyǒu huángdì de chuán. Zhèng xiàng nǐ
kàn dào de,

嫦娥走进宫殿，笑着，但没有和任何人说话。她有点害羞，除了玉兔和吴刚，已经很久没有和任何人说话了。她看到几位神仙站在一起，走过去问好。但就在她走近他们时，附近传来了一个很大的声音。她转过头去看。一个高大、穿着很好衣服的男人倒在了地上。

她看到没有人跑过去帮助那个男人。

"那个男人是谁？"她转身问站在她旁边的一位年纪大的女人。

"哦，那是天蓬[7]，"女人说。"他是皇家海军元帅。他指挥着八万士兵和银河系里所有皇帝的船。正像你看到的，

---

[7] His name consists of 天 (tiān) meaning "heaven" and 蓬 (péng) meaning "canopy" or "covering." Together, the heavenly canopy refers to the Northern Dipper constellation, known in the West as the Big Dipper.

tā yǒudiǎn tài xǐhuān hējiǔ le."

"Nǐ rènshí tā ma?" Cháng'é wèn.

"Bú tài rènshí," nǚrén huídá. "Dàn wǒ zhīdào tā de gùshi. Tā chūshēng zài rénjiān, shì yígè pǔtōng rén. Niánqīng shí, tā yòu yúchǔn yòu lǎn. Tā zhěng tiān dōu zài zhǎo kuàilè. Tā xiǎng le suǒyǒu de bànfǎ shǎo zuò gōngzuò. Tā zhǐ guānxīn chīhē hé zhuī nǚrén. Yǒu yìtiān, tā zài yìjiā xiǎo jiǔdiàn hējiǔ, yǔ yí wèi wěidà de lǎoshī yěshì yí wèi shénxiān shuōhuà. Shénxiān yǔ tā tán le tàiyáng hé yuèliang. Tā ràng Tiān Péng gǎibiàn tā zìjǐ. 'Shēngmìng hěn duǎn,' lǎoshī shuō, 'sǐ hòu zài dìxià shìjiè děngzhe nǐ de shì kěpà de tòngkǔ.'"

他有点太喜欢喝酒了。"

"你认识他吗？"嫦娥问。

"不太认识，"女人回答。"但我知道他的故事。他出生在人间，是一个普通人。年轻时，他又愚蠢又懒。他整天都在找快乐。他想了所有的办法少做工作。他只关心吃喝和追女人。有一天，他在一家小酒店喝酒，与一位伟大的老师也是一位神仙说话。神仙与他谈了太阳和月亮[8]。他让天蓬改变他自己。

'生命很短，'老师说，'死后在地下世界等着你的是可怕的痛苦。'"

---

[8] 日月 (rì yuè), literally "sun and moon." The sun represents yang and moon represents yin. Here they represent the two energy forces in the body, as taught in Daoist cosmology, traditional Chinese medicine, and internal alchemy.

"Nàme tā gǎibiàn tā zìjǐ le ma?"

"Shì de, yǒu yíduàn shíjiān. Tā chéngwéi le lǎoshī de túdì. Tā fàngqì le yúchǔn de àihào, rì rì yè yè xuéxí Dào. Jīngguò duōnián de xuéxí, tā kāi wù le, xuéhuì le chángshēng bùlǎo de mìmi. Yùhuáng Dàdì tīng shuō le tā, xǐhuān tā de gùshi. Tā ràng Tiān Péng zuò tā de hǎijūn yuánshuài."

"Nà shì yígè fēicháng zhòngyào de gōngzuò!"

"Shì de. Dàn jìn jǐ nián lái, Tiān Péng kěnéng yòu zǒu shàng le lǎolù. Jiù xiàng nǐ kàn dào de."

Tāmen kànzhe. Tiān Péng xiǎng zhàn qǐlái, dàn bù tíng de zuǒyòu diēdǎo. Jǐ fēnzhōng hòu, tā shēn chū shuāng bì, zhōngyú zhàn le qǐlái. Tā táitóu kàn dào le Cháng'é. Zhè shí máfan kāishǐ le.

"那么他改变他自己了吗？"

"是的，有一段时间。他成为了老师的徒弟。他放弃了愚蠢的爱好，日日夜夜学习道。经过多年的学习，他开悟了，学会了长生不老的秘密。玉皇大帝听说了他，喜欢他的故事。他让天蓬做他的海军元帅。"

"那是一个非常重要的工作！"

"是的。但近几年来，天蓬可能又走上了老路。就像你看到的。"

他们看着。天蓬想站起来，但不停地左右跌倒。几分钟后，他伸出双臂，终于站了起来。他抬头看到了嫦娥。这时麻烦开始了。

"Wǒ ài nǐ!" tā yìbiān shuō, yìbiān jiǎobù bù wěn de zǒuxiàng Cháng'é.

"Shénme?" Cháng'é huídá. "Nǐ dōu bú rènshí wǒ. Érqiě nǐ hē dé hěn zuì le."

Tiān Péng bù tīng. Tā méiyǒu bànfǎ kòngzhì zìjǐ de yùwàng. Tā xiǎng dōu méi xiǎng jiù yào qù zhuā Cháng'é de shǒubì.

Cháng'é hěn kuài de xiàng hòu zǒu, Tiān Péng méiyǒu zhuā dào tā de shǒubì, ér shì kōngqì. Tā dǎ Tiān Péng de shǒu, hǎn dào, "Bǎ nǐ de shǒu ná kāi!"

Tā xiǎng yào zàicì zhuā zhù tā, tā zàicì xiàng hòu zǒu, yòu yícì dǎ le tā de shǒu, zhè cì dǎ dé gèng zhòng.

Zuìhòu, tā shēn chū shuāngshǒu, xiǎng yào zhuā zhù tā de jiānbǎng, bǎ tā lā xiàng tā zìjǐ.

Cháng'é zhǐshì xiào le xiào. Tā xiàng hòu zǒu, Tiān Péng méi le

"我爱你！"他一边说，一边脚步不稳
地走向嫦娥。

"什么？"嫦娥回答。"你都不认识
我。而且你喝得很醉了。"

天蓬不听。他没有办法控制自己的欲
望。他想都没想就要去抓嫦娥的手臂。

嫦娥很快地向后走，天鹏没有抓到她的
手臂，而是空气。她打天鹏的手，喊
道，"把你的手拿开！"

他想要再次抓住她。她再次向后走，又
一次打了他的手，这次打得更重。

最后，他伸出双手，想要抓住她的肩
膀，把她拉向他自己。

嫦娥只是笑了笑。她向后走，天鹏没了

pínghéng, xiàng qián dǎo qù. Tā diédǎo shí, cháng'é qīng qīng de tuī le tā de bèi. Tā de liǎn xiàng xià dié dǎo zài piàoliang de shítou dìshàng.

Ránhòu Tiān Péng xiàng shīzi yíyàng dà jiào. Jiào shēng tài dà le, ràng fángjiān lǐ de měi gè rén dōu tíngzhǐ le shuōhuà, zhuǎnguò shēn qù kàn fāshēng le shénme.

Huángdì yòng shǒu zhǐzhe Tiān Péng shuōdào, "Shìwèimen! Zhuā zhù nàge rén, bǎ tā dài dào zhèlǐ lái!"

Shìwèimen zhuā zhù le Tiān Péng, lāzhe tā chuānguò fángjiān lái dào lóng bǎozuò. Yīnwèi tā duì Cháng'é bù hǎo, zài jiérì lǐ hē dé dà zuì, huángdì xiǎng ràng tā sǐ. Dàn yí wèi wěidà de shénxiān, Tàibái Jīnxīng, zhàn le chūlái. "Wěidà de huángdì a," Tàibái Jīnxīng shuō, "qǐng liú xià zhège rén de shēngmìng. Shì de, tā hěn yúchǔn. Dàn jiù xiàng nǐ zhīdào de, tā yòng le hěnduō nián xuéxí Dào. Tā

平衡，向前倒去。他跌倒时，嫦娥轻轻地推了他的背。他的脸向下跌倒在漂亮的石头地上。

然后天蓬像狮子一样大叫。叫声太大了，让房间里的每个人都停止了说话，转过身去看发生了什么。

皇帝用手指着天蓬说道，"侍卫们！抓住那个人，把他带到这里来！"

侍卫们抓住了天蓬，拉着他穿过房间来到龙宝座。因为他对嫦娥不好，在节日里喝得大醉，皇帝想让他死。但一位伟大的神仙，太白金星，站了出来。"伟大的皇帝啊，"太白金星说，"请留下这个人的生命。是的，他很愚蠢。但就像你知道的，他用了很多年学习道。他

shì búshì yīnggāi zài dédào yícì jīhuì?"

Huángdì màn man diǎntóu, tóngyì le Tàibái Jīnxīng shuō de. Dàn tā ràng tā de shìwèi dǎ Tiān Péng liǎng qiān xià. Tā hái ná zǒu le hǎijūn yuánshuài de gōngzuò. Bìng bǎ Tiān Péng fàng dào rénjiān, zài nàlǐ guò wán tā de yìshēng.

Zuì bù hǎo de hái zài hòumiàn. Tiān Péng diào dào rénjiān, dàn bù zhīdào zěnme diào jìn le yìtóu mǔ zhū de dùzi lǐ. Mǔ zhū sǐ le, Tiān Péng zàishēng hòu búshì rén, ér shì zhū rén. Tā qǔ le Zhū Gāngliè de míngzì. Tā qù le Lǎo Gāo Cūn zhù, nàlǐ de rén dōu xìng Gāo.

Zhū Gāngliè hěn qiángzhuàng, ài jiǔ, ài hǎochī de shíwù. Tā hé yí wèi jiào Gāo Xiǎojiě de dāngdì nǚrén jié le hūn, yīnggāi shuō tā guò le duōnián de xìngfú shēnghuó. Hòulái tā yù dào le Sūn Wùkōng, bìng chéngwéi le Tángsēng héshang de tú

是不是应该再得到一次机会？"

皇帝慢慢点头，同意了<u>太白金星</u>说的。但他让他的侍卫打<u>天蓬</u>两千下。他还拿走了海军元帅的工作。并把<u>天蓬</u>放到人间，在那里过完他的一生。

最不好的还在后面。<u>天蓬</u>掉到人间，但不知道怎么掉进了一头母猪的肚子里。母猪死了，<u>天蓬</u>再生后不是人，而是猪人。他取了<u>猪刚鬣</u>的名字[9]。他去了<u>老高村</u>住，那里的人都姓<u>高</u>。

<u>猪刚鬣</u>很强壮，爱酒、爱好吃的食物。他和一位叫<u>高小姐</u>的当地女人结了婚，应该说他过了多年的幸福生活。后来他遇到了<u>孙悟空</u>，并成为了<u>唐僧</u>和尚的徒

---

[9] Literally, "stiff bristled pig"

dì, gěi le tā Zhū Bājiè de míngzì. Tā yǔ Tángsēng hé Sūn Wùkōng yīqǐ qù xītiān. "Xīyóu Jì" zhōng jiǎng le tā de gùshi liú xià de bùfèn.

弟，给了他<u>猪八戒</u>[10]的名字。他与<u>唐僧</u>和<u>孙悟空</u>一起去西天。《西游记》中讲了他的故事留下的部分。

---

[10] Sun Wukong gave him this name, which means "the pig of the eight prohibitions," because he had broken every one of the eight precepts (八戒, bā jiè) of Buddhist practice: do not kill, steal, have sex, lie, use alcohol or drugs, eat after noon, sing or dance, or sleep on a soft bed or sit in a high seat.

Dì Jiǔ Zhāng: Hóuzi

Xiāntáo Jié guòhòu, Cháng'é líkāi le huángdì de gōngdiàn, huí dào le tā zài Guǎng Hán Gōng de jiā. Tā zài yě méiyǒu huí dào tiāntáng. Tā jīngcháng dītóu kàn rénjiān, xiǎng yào kàn dào Hòu Yì. Tā xīnzhōng chōngmǎn le tòngkǔ, xīwàng zìjǐ néng huí dào zhàngfu shēnbiān, huí dào yǐqián de rénjiān shēnghuó.

Xiāntáo Jié jǐ nián hòu de yìtiān, yí wèi kèrén lái kàn tā.

"Nǐ hǎo," kèrén shuō, tā shì yígè chuān dé xiàng gōngzhǔ yíyàng de gāo gèzǐ nǚrén. "Wǒ shì Bái Fùrén. Wǒ kěyǐ jìnlái ma?"

"Dāngrán kěyǐ," Cháng'é huídá. Tā qǐng Bái Fùrén jìn Guǎng Hán Gōng hē chá. "Yǒu shénme wǒ kěyǐ bāngmáng de

第九章：猴子

仙桃节过后，嫦娥离开了皇帝的宫殿，回到了她在广寒宫的家。她再也没有回到天堂。她经常低头看人间，想要看到后羿。她心中充满了痛苦，希望自己能回到丈夫身边，回到以前的人间生活。

仙桃节几年后的一天，一位客人来看她。

"你好，"客人说，她是一个穿得像公主一样的高个子女人。"我是白妇人[11]。我可以进来吗？"

"当然可以，"嫦娥回答。她请白妇人进广寒宫喝茶。"有什么我可以帮忙的

---

[11] In Chapter 95 of *Journey to the West*, she is called Lady White of the Palace of the Moon.

ma?"

Bái Fùrén kāishǐ gěi Cháng'é jiǎng yígè cháng cháng de gùshi, zhè shì guānyú tā wèishénme lái kàn Cháng'é de gùshi. Dàn tā gāng kāikǒu, Yùtù jiù pǎo guòlái, dǎ diào le tā shǒu shàng de chábēi. "A, nǐ zhège xiǎo chùshēng!" Bái Fùrén jiào dào, tā yònglì de dǎ le Yùtù de liǎn. Tùzi dǎo zài dìshàng, yīdòngbúdòng.

"Nǐ zěnme gǎn dǎ wǒ de tùzi!" Cháng'é hǎn dào, tā pǎo guòqù bāngzhù Yùtù. Tùzi shāng dé bú zhòng. Hěn kuài tā jiù zhàn le qǐlái. Kěshì tā hěn shēngqì de kànzhe Bái Fùrén, lùchū le tā de yáchǐ.

"Wǒ bù zhīdào nǐ shì shuí," Cháng'é shuō, "dàn nǐ zhēn de xūyào líkāi. Xiànzài líkāi." Tā zhǐzhe mén. Bái Fùrén tóu yě bú huí de zǒuchū le gōngdiàn.

Yuánlái, Bái Fùrén shì lái xiàng Cháng'é yào yìxiē chángshēng bù

吗？"

白妇人开始给嫦娥讲一个长长的故事，这是关于她为什么来看嫦娥的故事。但她刚开口，玉兔就跑过来，打掉了她手上的茶杯。"啊，你这个小畜生！"白妇人叫道，她用力地打了玉兔的脸。兔子倒在地上，一动不动。

"你怎么敢打我的兔子！"嫦娥喊道，她跑过去帮助玉兔。兔子伤得不重。很快她就站了起来。可是她很生气地看着白妇人，露出了她的牙齿。

"我不知道你是谁，"嫦娥说，"但你真的需要离开。现在离开。"她指着门。白妇人头也不回地走出了宫殿。

原来，白妇人是来向嫦娥要一些长生不

lǎo yào de. Tā àishàng le rénlèi shìjiè, xiǎng zhù zài nàlǐ, dàn tā bùxiǎng biàn chéng rén ér bùnéng chángshēng bùlǎo. Suǒyǐ tā xūyào chángshēng bùlǎo yào. Rúguǒ tā méiyǒu qítā de bànfǎ dédào tā, tā zhǔnbèi tōu zǒu tā. Yùtù zhīdào zhè yìdiǎn, suǒyǐ tā cái gōngjī le Bái Fùrén.

Bái Fùrén shēngqì de líkāi le yuèliang, suīrán tā méiyǒu chángshēng bùlǎo de yào, tā háishì xià dào le rénjiān. Tā jìnrù le Yìndù nǚwáng de dùzi. Jǐ gè yuè hòu, tā chūshēng le, chéngwéi le gōngzhǔ. Tā zài guówáng hé wánghòu de gōngdiàn lǐ zhǎng dà, tāmen cónglái bù zhīdào tāmen de nǚ'ér yuánlái shì Bái Fùrén.

Shíbā nián lái, Yùtù xīnzhōng yìzhí hěn shēngqì, yìzhí jìdé Bái Fùrén dǎ tā de liǎn. Zuìhòu, tā bùnéng zài děng le. Tā tōutōu táolí le Guǎng Hán Gōng, fēi dào le rénjiān, qù bàofù Bái Fùrén. Tā gǎibiàn le zìjǐ de yàngzi, ràng tā kàn qǐlái zhǎng dé hé gōngzhǔ yíyàng, ránhòu

老药的。她爱上了人类世界，想住在那里，但她不想变成人而不能长生不老。所以她需要长生不老药。如果她没有其他的办法得到它，她准备偷走它。玉兔知道这一点，所以她才攻击了白妇人。

白妇人生气地离开了月亮，虽然她没有长生不老的药，她还是下到了人间。她进入了印度女王的肚子。几个月后，她出生了，成为了公主。她在国王和王后的宫殿里长大，他们从来不知道他们的女儿原来是白妇人。

十八年来，玉兔心中一直很生气，一直记得白妇人打她的脸。最后，她不能再等了。她偷偷逃离了广寒宫，飞到了人间，去报复白妇人。她改变了自己的样子，让她看起来长得和公主一样，然后

lái dào le Yìndù guówáng hé wánghòu de gōngdiàn. Tā děngdào zhǐyǒu gōngzhǔ yìrén zài fángjiān lǐ de shíhòu. Ránhòu tā bào qǐ gōngzhǔ, dàizhe tā qù le liùshí lǐ wài de yízuò sìmiào. Tā gàosù héshang, gōngzhǔ jiùshì yígè nóngmín de nǚ'ér, dàn tā zìjǐ rènwéi tā shì gōngzhǔ. Héshangmen rènwéi zhège nǚhái fēng le, suǒyǐ tāmen bǎ zhēn de gōngzhǔ guān zài yígè fángjiān lǐ. Ránhòu, zhè zhī tùzi xiànzài kàn qǐlái jiù xiàng shì zhēnzhèng de gōngzhǔ, huí dào le gōngdiàn, chéng le guówáng hé wánghòu jiāzhōng de gōngzhǔ.

Tùzi de jìhuà jīhū chénggōng le. Dàn yǒu yìtiān, jǐ wèi kèrén lái dào le gōngdiàn. Nà shì Tángsēng, tā cóng Zhōngguó qù Yìndù, zhǎo fó shū dài huí zìjǐ de guójiā. Yǔ tā yīqǐ de shì tā de sān gè túdì, Sūn Wùkōng, zhū rén Zhū Bājiè hé lìng yígè jiào Shā Wùjìng de túdì.

Zhè zhī tùzi xiànzài shì yígè shíbā suì de nǚrén, tā kàn dào le Tángsēng, àishàng le tā. Tā xiǎng ràng tā chéngwéi

来到了印度国王和王后的宫殿。她等到只有公主一人在房间里的时候。然后她抱起公主，带着她去了六十里外的一座寺庙。她告诉和尚，公主就是一个农民的女儿，但她自己认为她是公主。和尚们认为这个女孩疯了，所以他们把真的公主关在一个房间里。然后，这只兔子现在看起来就像是真正的公主，回到了宫殿，成了国王和王后家中的公主。

兔子的计划几乎成功了。但有一天，几位客人来到了宫殿。那是唐僧，他从中国去印度，找佛书带回自己的国家。与他一起的是他的三个徒弟，孙悟空、猪人猪八戒和另一个叫沙悟净的徒弟。

这只兔子现在是一个十八岁的女人，她看到了唐僧，爱上了他。她想让他成为

tā de zhàngfu. Tā qiú tā de fùqīn guówáng ràng tāmen jiéhūn, tā tóngyì le.

Tángsēng duì zhè fēicháng bù gāoxìng, dàn tā méiyǒu bànfǎ zǔzhǐ Yìndù guówáng jìxù wèi tāmen jiéhūn zuò zhǔnbèi. Dàn Sūn Wùkōng yòng tā de zuànshí yǎn, kàn chū gōngzhǔ yuánlái shì Yùtù. Tā gōngjī le gōngzhǔ. Gōngzhǔ tuō diào le měilì de yīfu, biàn huí le tùzi de yàngzi. Hóuzi hé tùzi dǎ le liǎng tiān, cóng dàdì dǎ dào tiānkōng. Sūn Wùkōng yòng tā shénqí de bàng, Yùtù yòng tā zài yuèliang shàng zuò chángshēng bùlǎo yào de chǔ.

Tāmen dǎ le liǎng tiān, Sūn Wùkōng dǎbài le Yùtù. Tùzi biàn chéng yídào jīnguāng, fēi jìn le fùjìn de yígè shāndòng lǐ. Sūn Wùkōng zhǎo bú dào tùzi. Tā xiàng dāngdì de shénxiān qiú bāngzhù, tāmen gàosù tā tùzi cáng zài nǎlǐ. Sūn Wùkōng jìnrù le shāndòng. Tūrán, Yùtù huīzhe chǔ cóng dòng zhōng tiào le chūlái.

她的丈夫。她求她的父亲国王让他们结婚，他同意了。

唐僧对这非常不高兴，但他没有办法阻止印度国王继续为他们结婚做准备。但孙悟空用他的钻石眼，看出公主原来是玉兔。他攻击了公主。公主脱掉了美丽的衣服，变回了兔子的样子。猴子和兔子打了两天，从大地打到天空。孙悟空用他神奇的棒，玉兔用她在月亮上做长生不老药的杵。

他们打了两天，孙悟空打败了玉兔。兔子变成一道金光，飞进了附近的一个山洞里。孙悟空找不到兔子。他向当地的神仙求帮助，他们告诉他兔子藏在哪里。孙悟空进入了山洞。突然，玉兔挥着杵从洞中跳了出来。

Cháng'é yìzhí zài zhǎo Yùtù. Tā zhǎo le gōngdiàn suǒyǒu dìfāng, dàn zhǎo bú dào tā. Ránhòu tā kàn dào le tùzi qù rénjiān de lù. Tā yánzhe Yùtù de lù zǒu qù, tā dào de shíhòu zhèng shì zài Sūn Wùkōng hé tùzi de dà dǎ jiéshù shíhòu.

Sūn Wùkōng jǔ qǐ bàng, zhèng yào shā le Yùtù. Dàn Cháng'é jǔ qǐ le tā de shǒu. "Búyào shānghài zhè zhī tùzi," tā shuō. "Tā hé wǒ yīqǐ zhù zài yuèliang shàng de Guǎng Hán Gōng. Tā táo le chūlái, lái dào rénjiān. Tā xiǎng bàofù duōnián qián zhòngshāng tā de Bái Fùrén. Xiànzài wǒ lái le, yào bǎ tā dài huí wǒ zài yuèliang shàng de jiā."

Sūn Wùkōng xiàozhe shuō, "Yuèliang Nǚshén, wǒ bùnéng jùjué nǐ. Dànshì, rúguǒ nǐ bǎ zhè zhī tùzi dài huíqù, wǒmen zěnme bǎ zhēnzhèng de gōngzhǔ sòng huí tā de fùmǔ nàlǐ ne?"

嫦娥一直在找玉兔。她找了宫殿所有地方，但找不到她。然后她看到了兔子去人间的路。她沿着玉兔的路走去，她到的时候正是在孙悟空和兔子的大打结束时候。

孙悟空举起棒，正要杀了玉兔。但嫦娥举起了她的手。"不要伤害这只兔子，"她说。"她和我一起住在月亮上的广寒宫。她逃了出来，来到人间。她想报复多年前重伤她的白妇人。现在我来了，要把她带回我在月亮上的家。"

孙悟空笑着说，"月亮女神，我不能拒绝你。但是，如果你把这只兔子带回去，我们怎么把真正的公主送回她的父母那里呢？"

"Wǒmen yīqǐ qù jiàn guówáng hé wánghòu ba," Cháng'é shuō. Yúshì, Yuèliang Nǚshén, Sūn Wùkōng hé Yùtù dōu qù le guówáng hé wánghòu de gōngdiàn. Tāmen bǎ fāshēng de yíqiè gàosù le guówáng hé wánghòu. Yùtù gàosù guówáng hé wánghòu tāmen zhēnzhèng de nǚ'ér zài nǎlǐ. Dì èr tiān, guówáng hé wánghòu qù le sìmiào. Zài nàlǐ, tāmen zhǎodào le zhēnzhèng de nǚ'ér, bìng jiāng tā dài huí le jiā.

Cháng'é duì Yùtù hěn shēngqì, Yùtù zài rénjiān zhǎo le zhème duō máfan. Dàn Yùtù gàosù tā, tā yǐjīng bàofù le. Tā chéngfá le Bái Fùrén, bǎ tā guān zài le sìmiào lǐ. Tùzi búzài shēngqì, yě búzài yǒu bàofù de yùwàng. Tā xiàng Cháng'é bǎozhèng, tā zài yě bú huì líkāi yuèliang le.

"我们一起去见国王和王后吧，"嫦娥说。于是，月亮女神、孙悟空和玉兔都去了国王和王后的宫殿。他们把发生的一切告诉了国王和王后。玉兔告诉国王和王后他们真正的女儿在哪里。第二天，国王和王后去了寺庙。在那里，他们找到了真正的女儿，并将她带回了家。

嫦娥对玉兔很生气，玉兔在人间找了这么多麻烦。但玉兔告诉她，她已经报复了。她惩罚了白妇人，把她关在了寺庙里。兔子不再生气，也不再有报复的欲望。她向嫦娥保证，她再也不会离开月亮了。

Dì Shí Zhāng: Zhōngqiū Jié

Nà yǐhòu, Cháng'é jiù liú zài le yuèliang shàng. Tā ānjìng de shēnghuó zài nàlǐ, zuò chángshēng bùlǎo yào, shǒuzhe yèkōng, wèi rénmen dài lái měihǎo de mèng. Suízhe shíjiān de guòqù, tā de gūdú biàn chéng le níngjìng, tā de shāngxīn biàn chéng le kuàilè.

Zài rénlèi shìjiè lǐ, Zhōngqiū Jié shì yígè gǔlǎo de jiérì, yǐ yǒu jǐ qiān nián de lìshǐ. Tā zài měinián bā yuè de dì yī gè mǎnyuè. Zhège jiérì shì rénmen gǎnxiè hǎo de shōuhuò bìng qiú láinián hǎo yùnqi.

Cháng'é de gùshi chuán biàn le Zhōngguó, cóng yígè cūnzi chuán dào lìng yí gè cūnzi, háizimen kāishǐ táitóu kàn yuèliang, wèi tā liú xià lǐwù. Suízhe shíjiān de guòqù, Zhōngqiū Jié biàn dé yuè lái yuè hé Cháng'é de gùshi lián zài yīqǐ.

第十章：中秋节

那以后，<u>嫦娥</u>就留在了月亮上。她安静地生活在那里，做长生不老药，守着夜空，为人们带来美好的梦。随着时间的过去，她的孤独变成了宁静，她的伤心变成了快乐。

在人类世界里，<u>中秋节</u>是一个古老的节日，已有几千年的历史。它在每年八月的第一个满月。这个节日是人们感谢好的收获并求来年好运气。

<u>嫦娥</u>的故事传遍了<u>中国</u>，从一个村子传到另一个村子，孩子们开始抬头看月亮，为她留下礼物。随着时间的过去，<u>中秋节</u>变得越来越和<u>嫦娥</u>的故事连在一起。

Rénmen kāishǐ jiāng shuǐguǒ hé tiándiǎn fàng zài wàimiàn de zhuōzi shàng, xīwàng Cháng'é néng kàn dào tāmen bìng sòng shàng zhùfú. Rénmen zuò yuèbǐng, zhè shì yì zhǒng yuán de gāodiǎn, tōngcháng lǐmiàn yǒu dànhuáng, dòushā huò qítā de shíwù. Tāmen tōngcháng yǒu Cháng'é hé Yùtù de túhuà, zài jiérì de shíhòu chī.

Niánqīng nǚháimen qiú Cháng'é néng mǎnzú tāmen duì àiqíng de yuànwàng, nánnǚmen hùxiāng shuōzhe zìjǐ de gǎnqíng.

Rénmen yě kāishǐ guà gè zhǒng yàngzi hé túhuà de dēnglóng, zhào liàng tiānkōng, ràng yèwǎn kàn qǐlái hěn shénqí. Dēnglóng hěn piàoliang, shàngmiàn yǒu hànzì, dòngwù hé huā de túhuà.

Jiérì jiān, jiārén zài yīqǐ chī yuèbǐng, kàn mǎnyuè de yuèliang, jiǎngzhe gùshi. Yīnwèi mǎnyuè shì yígè míngliàng de yuánquān, rénmen rènwéi zài zhè yìtiān wǎnshàng, jiā

人们开始将水果和甜点放在外面的桌子上，希望嫦娥能看到它们并送上祝福。人们做月饼，这是一种圆的糕点，通常里面有蛋黄、豆沙或其他的食物。它们通常有嫦娥和玉兔的图画，在节日的时候吃。

年轻女孩们求嫦娥能满足她们对爱情的愿望，男女们互相说着自己的感情。

人们也开始挂各种样子和图画的灯笼，照亮天空，让夜晚看起来很神奇。灯笼很漂亮，上面有汉字、动物和花的图画。

节日间，家人在一起吃月饼，看满月的月亮，讲着故事。因为满月是一个明亮的圆圈，人们认为在这一天晚上，家

rén yīnggāi zài yīqǐ. Xǔduō rén hái zài zhè tèshū de shíhòu zài yuèliang xià zǒulù, xiǎngshòu Yuègōng de měilì. Rénmen shuō, tāmen táitóu kěyǐ kàn dào yuèliang miànqián de Cháng'é hé Yùtù.

Suǒyǐ, nǎpà zài jīntiān, dāng diǎn liàng dēnglóng hé fēn chī yuèbǐng shí, rénmen hái huì jiǎng Cháng'é de gùshi. Zhè shì yígè guānyú ài, fùchū yíqiè hé yǒngyuǎn liàngzhe de dēng de gùshi.

Táng cháo yǒu yí wèi shīrén jiào Lǐ Hè. Tā sǐ de shíhòu zhǐyǒu èrshíliù suì. Tā yǒu shíhòu huì qímǎ xiě shī, yǒurén shuō tā zhēn de shìgè guǐhún. Tā xiě le zhè shǒu guānyú Cháng'é de shī:

Zhè shì yígè qíngtiān de qiū yè
Yè biàn liáng, yíqiè biàn dé ānjìng
Tiāntáng wúbiān, chōngmǎn yángguāng

人应该在一起。许多人还在这特殊的时候在月亮下走路，享受<u>月宫</u>的美丽。人们说，他们抬头可以看到月亮面前的<u>嫦娥</u>和<u>玉兔</u>。

所以，哪怕在今天，当点亮灯笼和分吃月饼时，人们还会讲<u>嫦娥</u>的故事。这是一个关于爱、付出一切和永远亮着的灯的故事。

<u>唐朝</u>有一位诗人叫<u>李贺</u>。他死的时候只有二十六岁。他有时候会骑马写诗，有人说他真的是个鬼魂。他写了这首关于<u>嫦娥</u>的诗：

> 这是一个晴天的秋夜
> 夜变凉，一切变得安静
> 天堂无边、充满阳光

Yuèliang zài yípiàn guāngliàng zhōng shēng qǐ

Tā de nǚshén xiàng tiānxiān nàyàng de měilì

Xiāngqì piāoguò tiānkōng

Hóng guìhuā piāoguò Jiǔchóng Tiān

Pǔtōng rén zěnme huì dǒng zhèxiē shìqing ne?

Zhǐyǒu nàxiē shí fēng hē lùshuǐ de rén cáihuì

zhīdào.

月亮在一片光亮中升起

它的女神像天仙那样的美丽

香气飘过天空

红桂花飘过<u>九重天</u>

普通人怎么会懂这些事情呢？

只有那些食风喝露水的人才会知道。[12]

---

[12] Adapted from the poem 天上谣 (Tiān Shàng Yáo) by Li He. The title translates roughly as "Ballad of Heaven."

Chang'e, the Moon Goddess

Chapter 1: The Goddess and the Archer

"Papa! Where is mama?" Young Chang'e stood in the doorway to the palace and called out to her father, the great sky god Di Jun.

Di Jun was in the main hall of the palace, standing and talking with several immortals. They were discussing the bad weather in the human world. It was a very hot summer there, and Di Jun was worried about what the immortals should do to protect the people, their animals, and their crops.

Di Jun looked up, a little bit annoyed, but then he saw it was Chang'e. He smiled. "Your mother is at the bathing pool with your sisters. You should go and join them." He turned away from her and continued discussing the weather with the immortals.

Chang'e ran quickly along the path to the bathing pool. When she got there, she saw her eleven sisters bathing in the pool with their mother, Chang Xi.

Chang Xi was one of Di Jun's two wives. She had given birth to twelve moons, all girls. The other wife, Xi He, had given birth to ten suns, all boys. These twenty-two suns and moons danced in the heavens, sending yellow sunlight and white moonlight down to the human world below. Now it was daytime, so the sun boys danced in the sky while the moon girls rested in the bathing pool.

Chang Xi was a quiet woman, full of yin energy, very different from Xi He who was bright and strong and full of yang energy. Chang Xi often brought her moon daughters to the bathing pool, where they bathed in the shade of great cassia trees.

Seeing her mother and sisters, Chang'e ran to the bathing pool and jumped into the warm water. Her skin was the color of milk and as soft as silk. Her hair was black as night, and her lips were red as cherry blossoms.

"Mother," she said, "You know I love to play here in the bathing pool with you and my sisters, and I love to dance in the sky. But when will I have a real job here in the heavenly world?"

"Daughter," said Chang Xi, "you must have read my mind. You are my oldest daughter. You are now old enough to begin your work here in heaven. You will have a very important job. You will become the handmaiden to the Queen Mother of the West."

"What does that mean?" asked Chang'e.

"You will serve the Queen Mother. Your job will be to care for the magical elixirs of immortality, making sure that they are safe. You will also care for the divine peaches of immortality. Do you know what they are?"

"Of course, Mother. They are magical fruits. They grow on the peach trees in the Queen Mother's garden. Every three thousand years, when the peaches become ripe, the Queen Mother has a Peach Festival. She gives a peach to each of her guests. Once they taste the peach, they will live forever."

"That's right, Chang'e. Now it is late afternoon and the suns are low in the sky. Soon it will be time for you and your sisters to dance in the night sky. Let's go home. Tomorrow morning we will all go to the palace of the Jade Emperor. You will dance for the Emperor, and he will give you your new job."

The next day, Chang'e and her family went to the palace of the Jade Emperor. Musicians played heavenly music, and Chang'e danced for the Emperor and his guests. She was a wonderful dancer. Because of her beauty and her dancing ability, she was famous throughout heaven.

During the dance, she noticed a tall young man standing in the back of the hall, behind the visitors. He was about the same age as Chang'e, with a powerful body and long dark hair. "Who is that?" she asked one of her sisters.

"That is Hou Yi. He works here in the palace."

"What is his job?"

"He is an archer. He is one of the Jade Emperor's guards. Do you like him?"

Chang'e's face turned red and she did not answer. But for days afterwards, she could not stop thinking about the young man.

Chang'e began her job as handmaiden to the Queen Mother of the West. She was very busy learning her new job, and she did not see the young man for several months. But one day, she was summoned to the palace to dance again. She should have been paying attention to her dancing, but instead she was thinking too much about the young man. She kept looking around the palace hall, to see if he was there, watching her.

Looking towards the back of the hall, she saw him. He was watching her. When their eyes met, he smiled and nodded his head.

Chang'e forgot what she was doing. As she continued to dance, she moved too close to a large porcelain pot. She swung her arms around without seeing the pot. Her hand hit the pot. The pot fell over and smashed on the stone floor.

The loud sound filled the hall. The musicians stopped playing. All the dancers stopped and looked at her. The Queen Mother of the West rose to her feet and was about to say something, but before she could speak, the Jade Emperor roared, "You fool! You smashed my porcelain pot!"

Chang'e felt tears run down her cheeks. She stood and bowed her head, waiting for his next words.

The Emperor shouted, "I will not have you in my palace, and I will not have you anywhere in heaven. You will leave immediately and spend the rest of your days in the human world!"

He pointed his finger at Chang'e and spoke some secret words. The floor underneath Chang'e turned to fog. She began to fall slowly through the floor. She fell below the heavenly world and drifted downwards for a long time. Looking down, she saw an ocean of white clouds. She passed through the ocean of clouds and kept falling. After perhaps an hour, she found herself lying on dry grass on a hillside in the human world.

She was no longer immortal. She was a human woman, fated to live and die like any other human.

Chapter 2: The Ten Suns

Back in the Emperor's palace, Hou Yi saw Chang'e fall through the hole in the floor. Without thinking he ran forward, pushing his way past the guests. He ran to the hole in the floor and jumped in head first. The hole closed up behind him.

He fell down, leaving the heavenly world behind. Far below him, he saw Chang'e falling, her silk robe fluttering in the wind. He followed her down through the clouds. After a long time, he fell on the hillside not far from where Chang'e landed.

They both got to their feet and walked slowly towards each other.

"Where are we?" asked Chang'e.

"Somewhere in the human world," answered Hou Yi. The sky was bright and the weather was very hot. Looking around, he could see that the crops were dry and dying.

"I know why I am here," said Chang'e. "The Jade Emperor threw me out of heaven because I smashed his porcelain pot. But what are you doing here?"

Hou Yi could not answer. He looked down at the dry ground for a minute. Then he looked at Chang'e and said, "Because I love you."

"But you don't even know me!"

"I will, if you are willing to become my wife."

Chang'e thought about it. Then she smiled at him and said, "Of course I will become your wife." She looked around. "Now, we cannot stay here on this hillside. I hear that the weather can be very bad here in the human world. Let's get moving." The two of them began walking towards the village.

As they walked, they talked. After a while Chang'e reached out her hand and took Hou Yi's hand. They walked and talked, hand in hand, until they got to the village. That night they were married in the human village, and they became husband and wife. They spent the night in a farmhouse, as guests of an elderly farmer and his wife.

The next morning, Chang'e and Hou Yi walked outside. They looked up and saw ten suns dancing across the sky. The elderly farmer came out and stood next to them. He said, "It was not always like this. In the old days there was one sun. That was enough for us. It kept us warm but not too warm. The sky was bright but not too bright. Then one day, nine more suns appeared in the sky. Now it is much too hot. It almost never rains, and when the rains come, the ground turns dry almost immediately. The rivers have turned to dust. The crops are dying. Soon we will all die from hunger and thirst."

Chang'e said, "I know where these new suns came from."

The elderly farmer looked at her, his eyes wide. "How can you know that?"

Chang'e did not want to tell the farmer that she was from the heavenly worlds, so she did not answer the question. She just said, "I heard a story about this. I heard that there is a sky god named Di Jun. He has two wives. One of his wives gave him ten sons that became suns in the daytime sky. The other wife gave him twelve daughters that became moons in the night sky."

"I don't know that story," said the farmer. "But I know these suns are killing us. I don't know what we can do."

"I can help," said Hou Yi. "I am an archer. I will shoot down these suns."

The farmer looked at him. "Yes," he said, "you look like

an archer. But where is your bow and where are your arrows?"

Hou Yi looked at Chang'e and said, "I left them behind."

"Then we will have to make you a new bow and new arrows," she said.

They worked together to make a bow and a dozen arrows. The farmer, his wife, and the neighbors all helped. They found wood to make the bow and arrows, they found metal to put on the tips of the arrows, and they found bird feathers to make the arrows fly straight. After a week of work, the bow and arrows were ready.

The next morning, the ten suns rose one after another in the bright sky. Hou Yi waited until the first sun was high overhead. Then he pulled back the bow and shot the first arrow. It flew high into the sky and hit the sun in the middle. The sun fell from the sky. As it fell towards earth, it turned into a three-legged raven and flew away.

The people shouted, "Great work! Shoot the rest of them!"

But Hou Yi did not shoot the other suns. He put down his bow and arrows on the ground. Then he shouted to the sky, "You suns! Listen to me! You must stop burning the earth and killing the people. If you don't stop, I will have to shoot you down."

But the suns did not hear him. Or perhaps they heard him but did not want to stop burning.

So Hou Yi picked up his bow and arrows. He shot the second sun, then the third, and then the fourth. He kept shooting arrows, and the suns kept falling and turning into three-legged ravens. The ravens flew away into the west. He shot nine suns. Now there was only one sun left in the sky.

Chapter 3: A Hero's Reward

In the heavenly world, the immortals watched as Hou Yi shot down one sun after another. Di Jun and his wife Xi He were furious as they watched the young man shoot down nine of their sons. They wanted to send a lightning bolt down to kill Hou Yi, but the Jade Emperor held up his hand and said, "No, do not harm the young man or his wife. They are saving the people and animals in the human world. You should have thought of the human world before you sent your sons into the sky to burn their world."

Di Jun and Xi He were still angry, but they dared not argue with the Emperor.

Di Jun's other wife, Chang Xi, said, "But what about my moon daughters? They are doing no harm. What if the young archer shoots them down too?"

The Jade Emperor thought about it. "You are right, the moon daughters are not as harmful as the suns. But still, they are causing trouble. The farmers study the movements of one moon. It tells them when to plant and when to harvest. With so many moons in the night sky, it is difficult for the farmers to do their work. I will go and talk with this young man."

"No, I will go," said the Queen Mother of the West. "I know Chang'e quite well. She was my maidservant. I will talk with her and her husband." The Jade Emperor agreed.

The Queen Mother waved her hand. She disappeared from the palace and appeared in the human world. She took the form of a female Daoist priest, a *daogu*. She wore a long loose-fitting yellow silk robe with wide sleeves. Her long black hair was held back with a hairpin and partly covered with a silk headscarf. Around her neck was a jade pendant and a colorful necklace. Her eyes burned a bright blue.

She saw Hou Yi and Chang'e standing together with several other humans. "Hou Yi," she said, "do you know who I am?"

"Yes, Your Majesty," replied Hou Yi. All the people kowtowed to the Queen Mother.

She said, "You have killed nine of the ten suns in the sky. This has saved the lives of many here in the human world. But you must not kill the tenth sun. If you do, darkness will cover the earth and it will be worse than it was before."

"Of course, Your Majesty," said Hou Yi. "But what about all those moons in the night sky?"

"Don't worry about them," replied the Queen Mother. "I will take care of that matter. Now, you have done much to help me and help the human world. Is there anything I can do for you?"

Hou Yi was silent for a moment, thinking about it. Chang'e spoke up, saying, "Your Majesty, we have been sent down from the heavenly worlds and must live here among the people. We like it here, but we know that we must die, as all humans must die. If it is not too difficult, would you please give us some elixir of immortality, so that we may have long life?"

"Of course," said the Queen Mother. She reached into the sleeve of her robe and took out a small bottle. "Here is some elixir of immortality. Usually this is only given to those who have attained great wisdom on the path. But I give it to you now." She then handed the elixir to Hou Yi because he was the one who had brought down the nine suns.

Hou Yi was grateful for the gift, but he saw that the Queen Mother had only given him enough elixir for one person. He did not want to be immortal if his wife could not live at his side forever. He decided not to take the elixir. Hou Yi gave the elixir to Chang'e.

They went home, and Chang'e put the elixir under their bed.

Chapter 4: Flying to the Moon

After Hou Yi killed the nine suns, life in the human world became much better. The weather returned to what it was before. The rain came back, the rivers filled with water, and the crops grew well. The people had enough food to eat. Everyone was grateful to Hou Yi and Chang'e.

This was not a problem for Chang'e, perhaps because she was born as an immortal and was not bothered by what people thought. But Hou Yi had been a servant in heaven, and he never had anyone pay attention to him before. As he became more and more famous in the human world, he began to change.

He started to think of himself as a great king. He gathered men around him and trained them to be archers and soldiers. He demanded that he become the head man in the village. But soon that was not enough for him.

One day, Chang'e heard her husband talking with some of his men. "The Jade Emperor is not doing a good job," she heard her husband say. "He let Di Jun almost destroy the human world by putting all those suns in the sky. I think he's too old for the job. We need someone new on the throne. Who will follow me up to heaven and help me take the throne?"

All the men jumped to their feet and shouted, "We will go with you!"

Chang'e was worried that he might actually try to take down the Jade Emperor. She thought of the elixir. If Hou Yi drank the elixir, he would become immortal, and that would make it easier for him to try becoming emperor of heaven. Chang'e thought about drinking the elixir herself, to save the heavenly world. But because the Queen Mother had given the elixir to Hou Yi, she did not feel good about drinking it herself. So she did nothing.

One of Hou Yi's men was named Peng Meng. He was also an archer, though not as skilled as Hou Yi. He was a big man, a good fighter, and ambitious. Peng Men had heard Hou Yi talking about the elixir of immortality, and he wanted it for himself.

One day, Hou Yi went out hunting. It was the fifteenth day of the eighth month. Chang'e was alone at home. Peng Meng went to their house and pushed the front door open. "Where is the elixir?" he shouted.

Chang'e knew that she was not strong enough to fight Peng Meng. She ran into the bedroom, grabbed the bottle of elixir, and quickly drank it all. As Peng Meng watched, her feet lifted off the ground. Chang'e flew up through the roof of the little house and disappeared into the sky.

As she flew, she looked down. She could see her house and the village far below. She looked up. Heaven was very, very far away. Chang'e was not sure she wanted to go back to heaven, because of the problems she'd had with the Jade Emperor.

Then she saw the moon. There was just one moon now, because the Queen Mother had changed the other moons into planets and stars. This was the old moon, the one that was in the sky before Chang'e and her sisters were born. It was hanging in the sky, big and bright.

The moon was cold and empty. There were no people there. There were no immortals to cause trouble. And it was close to the human world and her husband, Hou Yi. She decided to fly to the moon.

She flew to the moon and became the Moon Goddess, leaving her husband behind.

Chapter 5: Hou Yi Alone

When Peng Meng saw Chang'e fly through the roof of her house, he was very frightened. And he did not want to get in trouble with Hou Yi. So he ran to find his boss.

"Chang'e is gone!" he told Hou Yi. "I was walking past your house. I looked up and saw her flying through the roof. She went up into the sky and disappeared!"

Hou Yi's heart was sick when he heard what had happened to Chang'e. He looked up at the evening sky and shouted, "Chang'e! Where are you?"

Then he looked at the moon, which was just rising in the east. It seemed to be extremely bright that night. He looked more closely at the moon. He saw the shape of a woman who looked like Chang'e.

At first, Hou Yi was angry. He did not know that Peng Meng had caused Chang'e to drink the elixir. He thought his wife had left him. He grabbed his bow and arrow and tried to shoot Chang'e down. But he was too angry, so he missed every shot.

As time went by, Hou Yi's anger became less and he began to miss his wife. Often he would look up at the moon and think about how lonely Chang'e must be.

He felt bad about shooting the arrows at the moon, and he felt foolish for wanting to take the throne of the Jade Emperor. So to make Chang'e feel less alone, and to show that he was no longer angry at her, Hou Yi began leaving her favorite desserts and fruits out every night. After a few weeks of this, he decided to build a temple. When the temple was finished, he went there every evening, leaving food for her and hoping to see her in the face of the moon.

The people of the village watched Hou Yi build the temple, and they saw him look up at the moon every night. Soon they started looking up at the moon too, trying to see Chang'e in the face of the moon. Sometimes they saw her, but other times people said that they could see a rabbit.

Chapter 6: The Jade Rabbit

On the moon, Chang'e found that she had great magical powers. She used her magic to build a palace that she called the Palace of Cold Radiance. She built it from ice, snow and stone, and lived there alone for many years.

The palace had four tall silver towers. Its walls were made of clear ice. Set into the walls were cages and ponds that held birds and fish. From a distance, it looked like the palace was made of shining glass. In the center of the palace was a large garden with hundreds of different kinds of plants and herbs.

Chang'e needed something to do, so she decided to learn how to make the elixir of immortality. She remembered helping the Queen Mother of the West when she'd lived in the heavenly worlds. She gathered many different herbs and flowers from her garden, and tried many different ways to make the elixir.

She was busy, but sometimes she felt lonely. She enjoyed sitting and talking to the birds and fish, but they could not speak her language.

One day, Chang'e heard a scratching sound at the front

gate of the palace. She walked to the gate and opened it. A large white rabbit was standing there. "Hello!" said the rabbit.

"Who are you? And how can you talk to me?" asked Chang'e.

"You can call me the Jade Rabbit," said the rabbit, wiggling her ears. "And as to how I came to be here and how I can talk to you, that's an interesting story."

"Well, please come in. I'd like to hear your story."

The rabbit hopped in through the gate. Chang'e led her to a comfortable room in the palace. She poured her a cup of tea and waited to hear what she had to say.

The rabbit took a small sip of tea and spoke. "One day, long ago, the Jade Emperor went out of the palace. He changed his appearance so he looked like a poor, hungry old man. He came upon three animals: a monkey, a fox, and a rabbit, who were sitting around a fire. 'Do you have any food for me?' he asked the monkey. The monkey gathered some fruit and gave it to the old man. 'Do you have any food for me?' the old man asked the fox. The fox caught a fish and gave it to the old man. Then he turned to me. He said, 'And you, my little friend, do you have any food for me?" I had nothing to offer. So I jumped into the fire, giving myself to the old man as food. The Jade Emperor was touched by what I did. He saved my life and gave me the gift of speech and the gift of immortality. Then he sent me to live here, on the moon, where I am known as the Jade Rabbit."

"How long have you lived here?" asked Chang'e.

"Several thousand years. I don't know how long."

"You must be lonely."

"Well, at least there are no foxes to chase me."

"Well, I am glad to meet you! You can live with me here in the Palace of Cold Radiance if you like. I need someone to help me prepare herbs for the elixir of immortality."

"Of course, I would be happy to!"

And so, the Jade Rabbit moved into the palace of the Moon Goddess. She learned how to smash herbs into a fine powder by using her feet. She prepared medicines for sick people, and Chang'e sent the medicine down to the human world. But of course, they did not send down any elixir of immortality.

Chapter 7: The Woodcutter

In the human world, one night in mid-autumn, the Tang Emperor sat drinking wine with two friends who were Daoist magicians. "Show us some magic!" said the Tang Emperor.

"Of course, Your Majesty," said one of the magicians. He took his bamboo staff and threw it into the air. It turned into a heavenly bridge. "Please follow me!" he said. The three men climbed up to the moon together.

When they arrived at the moon, they saw a large palace made of ice and stone. There was a sign in front that read, "The Palace of Cold Radiance." Near the sign was a huge cassia tree, nearly two *li* tall. The tree's branches were covered with small golden-yellow blossoms. They gave off a beautiful fragrance that filled the air.

On the ground next to the tree they saw a man holding an axe. He was slamming the axe into the trunk of the tree. As they watched, a beautiful woman came out of the palace. A large white rabbit walked by her side.

"Greetings, my friends," she said. "I am Chang'e, the Moon Goddess. What brings you here to my home?"

One of the magicians replied, "O great Goddess, please tell us, why is this man trying to cut down this beautiful tree?"

Chang'e replied, "That is Wu Gang. He was once a student of the Way, like yourselves. He wanted to learn the secret of immortality. But he was lazy and did not want to do the work needed to learn the secret. He kept jumping from one method to another, but he never took the time needed to learn any method properly. After many years of this, his teacher decided that Wu Gang would never be able to learn the secret, and he was just taking up too much of the teacher's time. So he sent Wu Gang here, to live on the moon."

"But why is he trying to chop down the tree?" asked the magician.

"He was given this job by his teacher. He was told that all he has to do is cut down the cassia tree, then he will achieve immortality. So he constantly hits the tree with his axe. But it is a magic tree, and every time it is struck by the axe, it heals instantly. So Wu Gang is always trying to cut down the tree, and the tree never changes."

"What a terrible punishment!" cried the magician.

Chang'e smiled. "Tell me, my friend, is this punishment or a gift? Could it be the best method for him to someday learn the Way?"

The magician felt his mouth go dry. He could not speak.

The Tang Emperor smiled and said, "Goddess, we thank you for your wisdom, and we thank you for your work in caring for the moon and sending us medicines. We will leave you now."

The three men turned and went back across the bridge and returned to the human world. Afterwards, they found themselves saying, "Wu Gang chopping the tree" whenever they saw someone trying again and again to do something that was impossible. After a few years, everyone in China knew this saying.

Chapter 8: The Pig

Chang'e lived on the moon, alone except for her two friends, the Jade Rabbit and Wu Gang, for three thousand years. Then it was time for the magic peaches in heaven to ripen again. The Queen Mother of the West decided to have another peach festival. She invited Chang'e to come.

Chang'e was happy to come to the peach festival. It had been three thousand years since the Emperor had sent her to the moon, and she was looking forward to seeing the palace and meeting the immortals of heaven again.

On the day of the festival, she flew to the Emperor's palace in the highest level of heaven. The palace was made of white jade and gold. There were pillars shaped like dragons. On the ceilings she could see stars, phoenixes, and colorful flowers. The floors were made of glass and clear jade that you could see through. In the center was the Dragon Throne, surrounded by yellow and white lights.

Chang'e entered the palace through the main gate. She walked past the four Heavenly Kings and dozens of armed guards who were standing on both sides.

Everyone turned to look at her as she entered the main

hall of the emperor's palace. She wore a white and silver robe, the colors of moonlight. The robe was long and soft, with wide sleeves embroidered with pictures of clouds and the phases of the moon, all in light blue. She wore a necklace of blue stones that she had found on the moon. Her long black hair was wrapped in a bun on her head, held in place by several jade hairpins. Wrapped loosely around her shoulders was an ice-blue silk sash. On her feet were silk shoes, embroidered with pictures of her friend, the Jade Rabbit.

The hall was full of immortals from all parts of heaven, all of them guests of the Jade Emperor and the Queen Mother. They talked quietly, holding cups of wine and sometimes taking small bites from magic peaches.

Chang'e walked into the hall, smiling but not speaking to anyone. She was a little bit shy and had not spoken to anyone in a long time except for the Jade Rabbit and Wu Gang. She saw several immortals standing together, and walked over to say hello. But just as she came close to them, there was a loud sound from nearby. She turned to look. A tall, well-dressed man had fallen down and was lying on the floor.

She saw that nobody ran over to help the man. "Who is

that man?" she asked, turning to an older woman who was standing near her.

"Oh, that's Tian Peng," said the woman. "He is the Marshal of the Emperor's navy. He commands eighty thousand soldiers and all the Emperor's ships in the Milky Way. And as you can see, he likes his wine a little too much."

"Do you know him?" asked Chang's.

"Not very well," replied the woman. "But I know his story. He was born as a mortal man in the human world. As a young man he was foolish and lazy. He spent his days seeking pleasure. He did as little work as possible. All he cared about was eating, drinking, and chasing women. One day he was drinking in a tavern when he got to talking with a great teacher, an immortal. The immortal spoke to him about the sun and the moon. He told Tian Peng to change his ways. 'Life is short,' said the teacher, 'and terrible suffering is waiting for you in the underworld after death.' "

"And did he change his ways?"

"Yes, for a while. He became a disciple of the teacher. He gave up his foolish hobbies and studied the Way day and night. After many years of study he achieved enlightenment and learned the secret of immortality. The Jade Emperor heard about him and liked his story. He named Tian Peng the Marshal of his navy."

"That is a very important job!" said Chang'e.

"Yes. But in recent years, Tian Peng has gone back to his old ways, I'm afraid. As you can see."

They looked. Tian Peng was trying to stand up, but he kept falling left and right. After a few minutes, he managed to stay on his feet, holding out his arms. He looked up and saw Chang'e. That is when the trouble started.

"I love you!" he said, stumbling forward towards Chang'e.

"What?" replied Chang'e. "You don't even know me. And clearly you are very drunk."

Tian Peng did not listen. He could not control his desires. Without thinking, he tried to grab Chang'e by the arm.

Quickly, Chang'e stepped back, causing Tian Peng to grab air instead of her arm. She slapped his hand, shouting, "Keep your hands to yourself!"

He tried to grab her again, and again she moved out of the

way and slapped his hand, harder this time.

Finally he reached towards her with both hands, trying to grab her shoulders and pull her towards him.

Chang'e just smiled. She stepped back, causing Tian Peng to lose his balance and fall forward. As he fell, she gently pushed down on his back. He fell on his face on the beautiful stone floor.

Tian Peng roared like a lion. The roars were so loud that everyone in the room stopped talking and turned to see what was happening.

The Emperor pointed his finger at Tian Peng and said, "Guards! Arrest that man and bring him here!"

The guards grabbed Tian Peng and dragged him across the room to the Dragon Throne. Because he had treated Chang'e badly, and gotten so drunk at the festival, the Emperor wanted to have him put to death. But a great immortal, the Gold Star of Venus, stepped forward. "O Great Emperor," said Gold Star, "please spare the life of this man. Yes, he has acted like a fool. But as you know, he worked for many years to learn the Way. Doesn't he deserve another chance?"

The emperor slowly nodded his head and agreed with Gold Star. But he told his guards to give Tian Peng two thousand blows. He also took away his job as Marshal of the navy. And he banished Tian Peng to live the rest of his life in the human world.

The worst was still to come. Tian Peng fell down to earth, but somehow he ended up inside the belly of a sow. The sow died, and Tian Peng was reborn not as a human but as a pig-man. He took the name Zhu Ganglie. He went to live in Old Gao Village, a place where all the people had the surname Gao.

Zhu Ganglie was very strong, and he loved wine, food and women. He took a local woman named Miss Gao as his wife, and he lived more or less happily for many years. Later he met the monkey king Sun Wukong and was accepted as a disciple of the monk Tangseng. He was given the name Zhu Bajie and traveled with the Tang monk and Sun Wukong to the western heaven. The rest of his story is told in *The Journey to the West*.

Chapter 9: The Monkey

After the Peach Festival, Chang'e left the Emperor's palace and returned to her home in the Palace of Cold Radiance. She never returned to the heavenly worlds. Often she looked down at Earth, trying to see Hou Yi. She was filled with sorrow and wished she could return to her husband and her former life in the human world.

One day, several years after the Peach Festival, she had a visitor.

"Hello," said the visitor, a tall woman dressed like a princess. "My name is Lady White. May I come in?"

"Of course," replied Chang'e. She invited Lady White to come into the Palace of Cold Radiance and have a cup of tea. "How can I help you?"

Lady White began to tell Chang'e a long story about why she came to visit. But soon after she started speaking, the Jade Rabbit ran over to her and knocked the tea cup from her hand. "Ah, you little beast!" cried Lady White, and she slapped the Jade Rabbit as hard as she could. The rabbit fell to the floor, not moving.

"How dare you hit my rabbit!" shouted Chang'e, and she

ran over to help the Jade Rabbit. The rabbit was not badly injured. Soon she stood up. But she glared at Lady White and showed her teeth to her.

"I don't know who you are," said Chang'e, "but you really need to leave. Now." She pointed to the door. Lady White walked out of the palace without looking back.

Now, it turns out that Lady White had come to ask Chang'e for some elixir of immortality. She had fallen in love with the human world and wanted to live there, but she did not want to become human and lose her immortality. So she needed the elixir. She was ready to steal it if she could not get it any other way. The Jade Rabbit knew this, which is why she attacked Lady White.

Lady White angrily left the moon and went down to the human world, even though she did not have the elixir of immortality. She entered the womb of the Queen of India. Several months later she was born as a princess. She grew up in the palace of the King and Queen, who never knew that their daughter was really Lady White.

For eighteen years, the Jade Rabbit held anger in her heart, remembering the slap she had received from Lady White. Finally she could not wait any longer. She secretly ran away from the Palace of Cold Radiance and flew down to the human world, seeking revenge. She changed her form so she looked exactly like the princess, and she came to the palace of the King and Queen of India. She waited until the princess was alone in her room. Then she picked up the princess and carried her to a monastery sixty *li* away. She told the monks that the princess was really a farmer's daughter who falsely believed she was a princess. The monks thought the girl was mad, so they locked the true princess in a room. Then the rabbit, who now looked just like the true princess, returned to the palace and took her place in the family of the King and Queen.

The rabbit's plan almost worked. But one day visitors arrived at the palace. It was the monk Tangseng, who was traveling from China to India to seek Buddhist books to bring back to his own country. Traveling with him were his three disciples: the monkey king Sun Wukong, the pig man Zhu Bajie, and another disciple named Sha Wujing.

The rabbit, who was now an eighteen year old woman, saw the Tang monk and fell in love with him. She wanted him as her husband. She asked her father the King, and he agreed to the marriage.

The monk Tangseng was very unhappy about this, but he could not stop the King of India from going ahead with the marriage. But Sun Wukong used his diamond eyes and saw that the princess was really the Jade Rabbit. He attacked the princess. The princess threw off her lovely clothing and returned to her original rabbit form. The monkey and the rabbit fought for two days, all across the earth and the sky. Sun Wukong used his magic rod; the Jade Rabbit used the pestle she had used for making elixirs on the moon.

After two days of fighting, Sun Wukong defeated the Jade Rabbit. The rabbit turned into a beam of golden light and flew into a nearby cave. Sun Wukong could not find the rabbit. He asked the local gods for help, and they showed him where the rabbit was hiding. Sun Wukong entered the cave. Suddenly, the Jade Rabbit rushed out of the cave, swinging her pestle.

Chang'e had been looking for the Jade Rabbit. She looked all over the palace but could not find her. Then she saw the path that the rabbit had taken to the human world. She followed the path and arrived just as the fight between Sun Wukong and the rabbit was ending.

Sun Wukong raised his staff and was about to kill the Jade Rabbit. But Chang'e held up her hand. "Do not harm this rabbit," she said. "She lives with me in the Palace of Cold

Radiance on the moon. She escaped and came here to the human world. She wanted to get revenge on Lady White, who had hurt her badly many years ago. Now I have come to bring her back to my home on the moon."

Sun Wukong smiled and said, "I cannot refuse you, Moon Goddess. But if you take this rabbit back with you, how will we return the true princess to her father and mother?"

"Let us go together to see the king and queen," said Chang'e. And so, the Moon Goddess, the monkey king, and the Jade Rabbit all went to the palace of the king and queen. They told the king and queen everything that had happened. And the Jade Rabbit told the king and queen where their true daughter was. The next day, the king and queen traveled to the monastery. There they found their true daughter and brought her back home.

Chang'e was angry with the Jade Rabbit, who had caused so much trouble in the human world. But the Jade Rabbit told her that she had her revenge. She had punished Lady White by locking her up in the monastery. The rabbit was not angry any more and had no more desire for revenge. She promised Chang'e that she would never leave the moon again.

Chapter 10: The Moon Festival

After that, Chang'e stayed on the moon. She lived there quietly, making the elixir of immortality, watching over the night sky, and bringing good dreams to the people. Over time, her loneliness turned to serenity, and her sorrow turned to happiness.

In the human world, the Mid-Autumn Festival was already an ancient festival, thousands of years old. It came every year on the first full moon of the eighth month. The festival was a time for people to give thanks for a good harvest and pray for good fortune in the coming year.

The story of Chang'e traveled across China, from one village to another, and children began to look up to the moon and leave gifts for her. Over time, the Mid-Autumn Festival became tied more and more to the story of Chang'e.

People began to put fruits and desserts outside on tables, hoping that Chang'e would see them and send down blessings. People made mooncakes, round pastries often filled with egg yolk, bean paste or other foods. They were often decorated with pictures of Chang'e and the Jade Rabbit, and were eaten during the holiday.

Young girls asked Chang'e to grant them their wishes for love, and couples told each other their feelings.

People also started to hang lanterns, all different shapes and designs, lighting up the sky and making the night appear magical. The lanterns were beautiful, with pictures of Chinese characters, animals, and flowers.

During the festival, families gathered together to eat mooncakes, gaze at the full moon, and share stories. Because the full moon is a bright circle, people believed that on this night, families should be together. Many people also used the occasion to walk under the moon and enjoy the beauty of the Moon Palace. Looking up, people said that they could see Chang'e and the Jade Rabbit in the face of the moon.

And so, even today, as lanterns burn and mooncakes are shared, people tell the story of Chang'e. It is a story of love, sacrifice, and light that never fades.

A man named Li He was a poet in the Tang Dynasty. He died at the young age of 26. He would sometimes write poetry while riding on horseback, and some people said he was really a ghost spirit. He wrote this poem about Chang'e:

It is a clear autumn evening

The night grows cool and still

Heaven stretches wide, bathed in light

The moon rises in radiant splendor

Its goddess is heavenly and graceful

A pure fragrance drifts across the sky

Red cassia blossoms float through the Nine
Heavens

How can mortals understand these things?

Only those who dine on wind and drink the dew
may know.

Glossary

These are all the Chinese words, other than proper nouns, used in this book.

Chinese	Pinyin	English
啊	ā	ah, oh, what
爱(情)	ài (qíng)	love
爱上	àishàng	to fall in love
安静	ānjìng	quiet, peaceful
安全	ānquán	safety
把	bǎ	(measure word for gripped objects)
八	bā	eight
吧	ba	(indicates assumption or suggestion)
爸爸	bàba	father
百	bǎi	hundred
白(色)	bái (sè)	white
白天	báitiān	day, daytime
搬(动)	bān (dòng)	to move
办法	bànfǎ	method
棒	bàng	rod, stick, wonderful
帮(忙)	bāng (máng)	to help
帮(助)	bāng (zhù)	to help
抱	bào	hug
报复	bàofù	revenge involving insult or hurt
保护	bǎohù	to protect
保证	bǎozhèng	to make sure
宝座	bǎozuò	throne
背	bèi	back

被	bèi	(particle before passive verb)
杯(子)	bēi (zi)	cup
臂	bì	arm
比	bǐ	compared to, than
边	biān	side
变(成)	biàn (chéng)	to change, to become
表示	biǎoshì	to indicate
表演	biǎoyǎn	performance
并	bìng	and
病	bìng	sick, illness
冰	bīng	ice
陛下	bìxià	Your Majesty
必须	bìxū	must
玻璃	bōli	glass
脖子	bózi	neck
不	bù	no, not, do not
部分	bùfen	part, portion
不停	bùtíng	constantly
不想	bùxiǎng	in no mood
才(能)	cái (néng)	can only, talent
参加	cānjiā	to participate, to join
草	cǎo	hay, straw
层	céng	layer, (measure word for a layered object)
茶	chá	tea
长	cháng	long
长生不老	cháng shēng bù lǎo	immortality (long life no die)
成(为)	chéng (wéi)	to become
惩罚	chéngfá	punishment
池	chí	pool, pond
吃(饭)	chī (fàn)	to eat

充满	chōng mǎn	full of
杵	chǔ	pestle
传	chuán	to pass on, to transmit
船	chuán	boat
穿(过)	chuān (guò)	to pass through
穿(着)	chuān (zhuó)	to wear
床	chuáng	bed
除了	chúle	beside
畜生	chùsheng	brute
出生	chūshēng	born
出现	chūxiàn	to appear
瓷	cí	porcelain
从	cóng	from
从来没有	cóng lái méi yǒu	there has never been
村子	cūnzi	village
错	cuò	bad
打	dǎ	to hit, to play
大	dà	big
打败	dǎbài	defeat
打掉	dǎdiào	to tear down
带	dài	to carry, to lead, to bring
戴	dài	to wear
大家	dàjiā	everyone
打开	dǎkāi	to turn on, to open
打猎	dǎliè	hunt
但(是)	dàn (shì)	but
当	dāng	when
当地	dāngdì	local
当然	dāngrán	of course
蛋黄	dànhuáng	egg yolk

担心	dānxīn	to worry
倒	dào	to pour
到	dào	to arrive, towards
道	dào	path, way, Dao, to say, (measure word for lines, orders)
倒	dǎo	to fall
捣	dǎo	to pound, to beat
到处	dàochù	everywhere
道姑	dàogū	Daoist nun
道士	dàoshì	Daoist priest
大约	dàyuē	approximate
地	de	(adverbial particle)
的	de	of
得	dé	(particle showing degree or possibility)
得到	dédào	to get
等	děng	to wait
灯	dēng	lamp
灯笼	dēnglóng	lantern
第	dì	(prefix before a number)
低	dī	low
点	diǎn	point, hour, some
点头	diǎntóu	to nod
掉	diào	to fall, to drop, to lose
跌倒	diēdǎo	to tumble, to fall
地方	dìfāng	place
地面	dìmiàn	ground
地球	dìqiú	earth
地上	dìshang	on the ground
低头	dītóu	head bowed
洞	dòng	cave, hole
懂	dǒng	to understand

东	dōng	east
动物	dòngwù	animal
东西	dōngxī	thing
都	dōu	all
豆沙	dòushā	bean paste
段	duàn	(measure word for sections)
短	duǎn	short
对	duì	correct, towards someone
多	duō	many
肚子	dùzi	belly, abdomen
饿	è	hungry
二	èr	two
耳(朵)	ěr (duo)	ear
而(且)	ér (qiě)	and
儿(子)	ér (zi)	son
而是	érshì	instead
发(出)	fā (chū)	to send, to issue
发光	fāguāng	to glow
放	fàng	to put, to let out
房(子)	fáng (zi)	house, room
房顶	fángdǐng	roof
方法	fāngfǎ	method
房间	fángjiān	room
放弃	fàngqì	to give up, surrender
发生	fāshēng	to occur
发现	fāxiàn	to find out
发簪	fàzān	hairpin
飞(行)	fēi (xíng)	to fly, flying
非常	fēicháng	very
份	fèn	(measure word for documents, meals, jobs)

粉	fěn	powder
分	fēn	to share, to divide
疯	fēng	crazy
风	fēng	wind
凤凰	fènghuáng	phoenix
分钟	fēnzhōng	second (time)
佛	fó	Buddhist
付出	fùchū	to pay, effort made
附近	fùjìn	nearby
父母	fùmǔ	parents
父(亲)	fù (qīn)	father
斧头	fǔtóu	ax
盖	gài	cover
改(变)	gǎi (biàn)	to change
敢	gǎn	to dare
干	gān	dry
感(到)	gǎn (dào)	to feel
感动	gǎndòng	moving
刚(才)	gāng (cái)	just, just a moment ago
感情	gǎnqíng	emotion
感谢	gǎnxiè	to thank
高	gāo	tall, high
糕点	gāodiǎn	pastry, cake
高喊	gāohǎn	shout
告诉	gàosù	to tell
高兴	gāoxìng	happy
个	gè	(measure word, generic)
给	gěi	to give
跟(着)	gēn (zhe)	with, to follow
更	gèng	more

各种	gèzhǒng	various
个子	gèzi	stature
宫(殿)	gōng (diàn)	palace
攻击	gōngjī	to attack
弓箭	gōngjiàn	bow and arrow
弓箭手	gōngjiànshǒu	archer
公主	gōngzhǔ	princess
工作	gōngzuò	work, job
够	gòu	enough
古	gǔ	ancient
挂	guà	to hang, to call
刮	guā	to scrape, to scratch
关(闭)	guān (bì)	to turn off, to close, to lock up
罐(子)	guàn (zi)	jar
光	guāng	light
关心	guānxīn	concern
关于	guānyú	about
孤独	gūdú	lonely
桂	guì	osmanthus
鬼魂	guǐhún	ghost
过	guò	to pass, (after verb to indicate past tense)
国(家)	guó (jiā)	country
过去	guòqù	past, to pass by
国王	guówáng	king
故事	gùshi	story
海	hǎi	ocean, sea
海军	hǎijūn	navy
害怕	hàipà	fear, scared
害羞	hàixiū	shy
还有	háiyǒu	and also

孩子	háizi	child
喊(叫)	hǎn (jiào)	to call, to shout
汉字	hànzì	Chinese character
好	hǎo	good, very
好像	hǎoxiàng	to like
和	hé	and, with
喝	hē	to drink
河(流)	hé (liú)	river
黑(色)	hēi (sè)	black
黑暗	hēiàn	dark
很	hěn	very
恒星	héngxīng	star
和尚	héshang	monk
红(色)	hóng (sè)	red
后	hòu	after, back, behind
猴(子)	hóu (zi)	monkey
狐(狸)	hú (li)	fox
话	huà	word, speak
花(朵)	huā (duǒ)	flowers
坏	huài	bad, broken
还	hái	still, also
黄(色)	huáng (sè)	yellow
皇帝	huángdì	emperor
皇家	huángjiā	royal
花园	huāyuán	garden
回	huí	to return
会	huì	will, to be able to
挥(动)	huī (dòng)	to swat, to wave
回答	huídá	to reply
恢复	huīfù	to recover

火	huǒ	fire
或(者)	huò (zhě)	or
活动	huódòng	activity, movement
互相	hùxiāng	each other
几	jǐ	severa
家	jiā	family, home
件	jiàn	(measure word for clothing, matters)
箭	jiàn	arrow
尖	jiān	pointed, tip
间	jiān	(measure word for room)
肩(膀)	jiān (bǎng)	shoulder
见(面)	jiàn (miàn)	to see, to meet
讲	jiǎng	to speak
将	jiāng	shall
将来	jiānglái	future
奖励	jiǎnglì	reward
叫	jiào	to call, to yell
脚	jiǎo	foot
脚步	jiǎobù	footstep
家人	jiārén	family, family members
记得	jìde	to remember
节(日)	jié (rì)	festival (day)
结婚	jiéhūn	to marry
姐姐	jiějie	elder sister
解决	jiějué	to solve, settle, resolve
姐妹	jiěmèi	sisters
几乎	jīhū	almost
计划	jìhuà	plan
机会	jīhuì	opportunity
近	jìn	close

进	jìn	to advance, to enter
金(色)	jīn (sè)	golden
金(子)	jīn (zi)	gold
经常	jīngcháng	often
经过	jīngguò	after, through
进入	jìnrù	to enter
金属	jīnshǔ	metal
今天	jīntiān	today
就	jiù	just, right now
救	jiù	to save, to rescue
久	jiǔ	long
九	jiǔ	nine
酒	jiǔ	wine, liquor
酒店	jiǔdiàn	tavern, hotel
就要	jiùyào	about to
继续	jìxù	to continue
句	jù	(measure word for word, sentence)
聚	jù	to gather, to assemble
举	jǔ	to lift
觉得	juéde	to feel
决定	juédìng	to decide
拒绝	jùjué	to refuse
举行	jǔxíng	to hold
开	kāi	open
开满	kāimǎn	to bloom
开始	kāishǐ	to begin
开悟	kāiwù	enlightenment
砍	kǎn	to cut
看	kàn	to look
渴	kě	thirsty

棵	kē	(measure word for trees, vegetables, some fruits)
可能	kěnéng	maybe
可怕	kěpà	frightening, terrible
客人	kèrén	guest
可是	kěshì	but
磕头	kētóu	to kowtow
可以	kěyǐ	can
空(气)	kōng (qì)	air, void, emptiness
控制	kòngzhì	control
口	kǒu	mouth, (measure word for people in villages, families)
快	kuài	fast
快乐	kuàilè	happy
宽	kuān	width
困难	kùnnan	difficulty
拉	lā	to pull
来	lái	to come
懒(惰)	lǎn (duò)	lazy
蓝(色)	lán (sè)	blue
蓝宝石	lánbǎoshí	sapphire
老	lǎo	old
老大	lǎodà	boss
老师	lǎoshī	teacher
了	le	(indicates completion)
泪水	lèishuǐ	tears
冷	lěng	cold
离	lí	away from, to leave
里	lǐ	inside, Chinese mile
俩	liǎ	both
连	lián	even, to connect

脸	liǎn	face
凉	liáng	cool
亮	liàng	bright
两	liǎng	two, Chinese ounce
聊(天)	liáo (tiān)	to chat
了解	liǎojiě	to understand
离开	líkāi	to leave
力量	lìliàng	strength
另	lìng	other
邻居	línjū	neighbor
历史	lìshǐ	history
六	liù	six
留(下)	liú (xià)	to keep, to leave behind, to stay
礼物	lǐwù	gift
龙	lóng	dragon
笼子	lóngzi	cage
路	lù	road
露出	lùchū	to expose
露水	lùshuǐ	dew
吗	ma	(indicates a question)
麻烦	máfan	trouble
妈妈	māma	mother
慢	màn	slow
满	mǎn	full
忙	máng	busy
满足	mǎnzú	to satisfy
马上	mǎshàng	immediately
没	méi	no, not have
每	měi	every
美好	měihǎo	nice, happy

美(丽)	měi (lì)	beautiful
们	men	(indicates plural)
门	mén	door, gate
梦	mèng	dream
面	miàn	side, surface, noodles, face, (measure word for flat things)
面前	miànqián	in front
秘密	mìmì	secret
明(亮)	míng (liàng)	bright
名(字)	míng (zi)	first name, name
明天	míngtiān	tomorrow
魔(法)	mó (fǎ)	magic
魔术师	móshùshī	magician
母	mǔ	female (animal)
木(头)	mù (tou)	wood
母亲	mǔqīn	mother
嗯	ń	(indicates questioning, suspicious)
拿	ná	to take
那	nà	that
那里	nàlǐ	there
哪里	nǎlǐ	where
那么	nàme	so then
男	nán	male
难	nán	difficult, rare
哪怕	nǎpà	even if
拿下	náxià	remove, capture
那样	nàyàng	that way
呢	ne	(indicates question)
能	néng	can
能力	nénglì	ability
你	nǐ	you

年	nián	year
年纪	niánjì	age
年轻	niánqīng	young
鸟	niǎo	bird
你好	nǐhǎo	hello
宁静	níngjìng	tranquil
牛奶	niúnǎi	cow's milk
农民	nóngmín	farmer
女	nǚ	female
女儿	nǚér	daughter
女孩	nǚhái	girl
努力	nǔlì	work hard
哦	ò	oh?, oh!
爬	pá	to climb
牌(子)	pái (zi)	sign
旁(边)	páng (biān)	beside
跑	pǎo	to run
朋友	péngyou	friend
片	piàn	(measure word for flat objects)
飘(动)	piāo (dòng)	to flutter
漂亮	piàoliang	beautiful
皮肤	pífū	human skin
瓶(子)	píng (zi)	bottle
平衡	pínghéng	balance
破坏	pòhuài	to destroy
仆人	púrén	servant
普通	pǔtōng	ordinary
骑	qí	to ride
气	qì	gas, air, breath
七	qī	seven

妻(子)	qī (zi)	wife
前	qián	in front, before, side
浅	qiǎn	shallow, light (color)
千	qiān	thousand
墙	qiáng	wall
强(大)	qiáng (dà)	powerful
强壮	qiángzhuàng	strong
桥	qiáo	bridge
起来	qǐlái	(after verb, indicates start of an action)
请	qǐng	please
轻轻	qīng qīng	gently
晴(天)	qíng (tiān)	sunny
清楚	qīngchu	clear, to understand
穷	qióng	poor (having no money)
其他	qítā	other
求	qiú	to beg
秋(天)	qiū (tiān)	autumn
去	qù	to go
取	qǔ	to take
让	ràng	to let, to cause
然后	ránhòu	then
热	rè	heat
人	rén	person, people
扔	rēng	to throw
任何	rènhé	any
人间	rénjiān	human world
人类	rénlèi	humanity
认识	rènshi	to understand
认为	rènwéi	to believe
日	rì	day

容易	róngyì	easy
入	rù	enter
软	ruǎn	soft
如果	rúguǒ	if
三	sān	three
杀	shā	to kill
山	shān	mountain
闪电	shǎndiàn	lightning
上	shàng	on, up
伤(害)	shāng (hài)	hurt
上面	shàngmiàn	above
伤心	shāngxīn	sad
山坡	shānpō	hillside
少	shǎo	less
烧(毁)	shāo (huǐ)	to burn
射	shè	to shoot, to emit
伸	shēn	to stretch
身(体)	shēn (tǐ)	body
神(仙)	shén (xiān)	spirit, god
生	shēng	to give birth, to grow out
升(起)	shēng (qǐ)	rising
声(音)	shēng (yīn)	sound
生(活)	shēng (huó)	life
生命	shēngmìng	life
生气	shēngqì	anger
什么	shénme	what
神奇	shénqí	magical
十	shí	ten
是	shì	is, yes
诗(歌)	shī (gē)	poetry

时(候)	shí (hou)	time, moment, period
事(情)	shì (qing)	thing
石(头)	shí (tou)	stone
食(物)	shí (wù)	food
试(着)	shì (zhe)	try
士兵	shìbīng	soldier
适合	shìhé	to fit
十几	shíjǐ	a dozen
时间	shíjiān	time, period
世界	shìjiè	world
侍卫	shìwèi	to guard
狮子	shīzi	lion
手	shǒu	hand
首	shǒu	(measure word for music, poems)
手臂	shǒubì	arm
受到	shòudào	to receive, to suffer
收获	shōuhuò	gain, result
守着	shǒuzhe	guarding
熟	shú	ripe
束	shù	bundle
树(木)	shù (mù)	tree
双	shuāng	a pair
舒服	shūfu	comfortable
树干	shùgàn	tree trunk
谁	shuí	who
水	shuǐ	water
睡(觉)	shuì (jiào)	to sleep
水果	shuǐguǒ	fruit
说(话)	shuō (huà)	to say
舒适	shūshì	cozy

树枝	shùzhī	tree branch
四	sì	four
死	sǐ	dead, to die
丝(绸)	sī (chóu)	silk cloth
寺(庙)	sì (miào)	temple
松	sōng	loose
送(给)	sòng (gěi)	to give a gift
岁	suì	years of age
随(着)	suí (zhe)	along with
虽然	suīrán	although
所以	suǒyǐ	so
所有	suǒyǒu	all
塔	tǎ	tower, pagoda
他	tā	he, him
她	tā	she, her
它	tā	it
太	tài	too
抬(起)	tái (qǐ)	to lift up
抬头	táitóu	to look up
太阳	tàiyáng	sunlight
谈	tán	to talk
躺	tǎng	to lie down
逃	táo	to escape
桃(子)	táo (zi)	peach
讨论	tǎolùn	to discuss
特殊	tèshū	special
天	tiān	day, sky
天边	tiānbiān	horizon
甜点	tiándiǎn	dessert
天花板	tiānhuābǎn	ceiling

天气	tiānqì	weather
天上	tiānshàng	heaven
天堂	tiāntáng	heaven
天仙	tiānxiān	immortal
条	tiáo	(measure word for narrow, flexible things)
跳	tiào	to jump
跳舞	tiàowǔ	to dance
听	tīng	to listen
停(止)	tíng (zhǐ)	to stop
听说	tīngshuō	it is said that
痛(苦)	tòng (kǔ)	pain, suffering
通常	tōngcháng	usual, normal
同意	tóngyì	to agree
头	tóu	head, (measure word for animal with big head)
偷	tōu	to steal
头发	tóufa	hair
头巾	tóujīn	scarf
透明	tòumíng	transparent
偷偷	tōutōu	secretly
兔(子)	tù (zi)	rabbit
徒弟	túdì	apprentice
土地	tǔdì	land
图画	túhuà	drawing
推(开)	tuī (kāi)	to push away
脱	tuō	to take off
突然	tūrán	suddenly
外(面)	wài (miàn)	outside
完	wán	finished
玩	wán	to play
万	wàn	ten thousand

晚	wǎn	late, night
完成	wánchéng	to complete
王	wáng	king
忘(记)	wàng (jì)	to forget
王后	wánghòu	queen
完全	wánquán	completely
晚上	wǎnshang	evening, night
为	wèi	for, as
位	wèi	place, (measure word for people, polite)
围(住)	wéi (zhù)	to encircle, to surround
伟大	wěidà	great
危害	wēihài	harmful
为什么	wèishénme	why
闻	wén	to smell
问	wèn	to ask
温(暖)	wēn (nuǎn)	warm
问好	wènhǎo	to say hello
问题	wèntí	problem, question
我	wǒ	I, me
雾(气)	wù (qì)	fog, mist
无边	wúbiān	boundless
武器	wǔqì	weapon
乌鸦	wūyā	raven, crow
下	xià	down, under
夏(天)	xià (tiān)	summer
下来	xiàlái	to come down
先	xiān	first
像	xiàng	like, to resemble, statue
向	xiàng	towards
想	xiǎng	to want, to miss, to think of

想到	xiǎngdào	to think
想法	xiǎngfǎ	thought
相互	xiānghù	each other
项链	xiàngliàn	necklace
香气	xiāngqì	aroma
享受	xiǎngshòu	to enjcy
想要	xiǎngyào	would like to
现在	xiànzài	just now
笑	xiào	to laugh
小	xiǎo	small
小时	xiǎoshí	hour
消失	xiāoshī	to disappear
下雨	xiàyǔ	to rain
写	xiě	to write
些	xiē	some
鞋(子)	xié (zi)	shoe
喜欢	xǐhuan	to like
心	xīn	heart/mind
新	xīn	new
姓	xìng	surname
幸福	xìngfú	happy
星期	xīngqī	week
行星	xíngxīng	planet
星星	xīngxing	star
绣	xiù	embroidered
袖(子)	xiù (zi)	sleeve
休息	xiūxi	to rest
希望	xīwàng	to hope
洗澡	xǐzǎo	to bathe
许多	xǔduō	many

雪	xuě	snow
学(会)	xué (huì)	to learn
学(习)	xué (xí)	to learn
训练	xùnliàn	to train
需要	xūyào	to need
牙(齿)	yá (chǐ)	tooth, teeth
眼(睛)	yǎn (jing)	eye
阳	yáng	masculine principle in Daoism
样(子)	yàng (zi)	appearance
阳光	yángguāng	sunlight
研究	yánjiū	to study
颜色	yánsè	color
沿(着)	yán (zhe)	along
演奏	yǎnzòu	to play a musical instrument
药	yào	medicine
要	yào	to want
摇(动)	yáo (dòng)	to shake or twist
也	yě	also
夜(晚)	yè (wǎn)	night
野心	yěxīn	ambition
一	yī	one
衣(服)	yī (fu)	clothes
一边	yībiān	on the side
一部分	yībùfen	a portion, a part
一点	yīdiǎn	a little
一定	yīdìng	must
一个接一个	yīgè jiē yīge	one by one
一个人	yīgè rén	alone, one person
以后	yǐhòu	after

一会儿	yīhuǐ'er	a while
已近	yǐjìn	near
已经	yǐjīng	already
阴	yīn	feminine principle in Daoism
银(色)	yín (sè)	silver (color)
因(为)	yīn (wèi)	because
赢	yíng	to win
应该	yīnggāi	should
樱花	yīnghuā	cherry blossom
影响	yǐngxiǎng	influences
英雄	yīngxióng	hero
音乐	yīnyuè	music
音乐家	yīnyuèjiā	musician
一起	yīqǐ	together
以前	yǐqián	before
一切	yīqiè	everything
意思	yìsi	meaning
以为	yǐwéi	to think, to believe
一样	yīyàng	same
用	yòng	to use
永远	yǒngyuǎn	forever
由	yóu	from, by, because of
又	yòu	again, also
有	yǒu	to have
有点	yǒudiǎn	a little bit
有名	yǒumíng	famous
有趣	yǒuqù	interesting
有时候	yǒushíhou	sometimes
优秀	yōuxiù	best
有一些	yǒuyīxiē	somewhat

与	yǔ	and, with
鱼	yú	fish
玉	yù	jade
雨	yǔ	rain
远	yuǎn	far
圆(圈)	yuán (quān)	circle
愿(意)	yuàn (yì)	willing
原来	yuánlái	turn out to be, original
元帅	yuánshuài	marshal (in army)
愿望	yuànwàng	desire, wish
愚蠢	yúchǔn	foolish
遇(到)	yù (dào)	encounter, meet
月(亮)	yuè (liang)	month, moon
月饼	yuèbǐng	mooncake
月光	yuèguāng	moonlight
越来越	yuèláiyuè	more and more
月相	yuèxiàng	phases of moon
羽毛	yǔmáo	feather
云	yún	cloud
运气	yùnqi	luck
于是	yúshì	then
欲望	yùwàng	desire
语言	yǔyán	language
砸(碎)	zá (suì)	to smash
再	zài	again
在	zài	in, at
造	zào	to make
早上	zǎoshang	morning
怎么	zěnme	how
怎么办	zěnmebàn	how to do

站	zhàn	to stand
杖	zhàng	stick, wand
长	zhǎng	to grow
张	zhāng	open, (measure word for pages, flat objects)
章	zhāng	chapter
长大	zhǎngdà	to grow up
丈夫	zhàngfu	husband
战士	zhànshì	warrior
找	zhǎo	to search for
照顾	zhàogù	to take care of
照亮	zhàoliàng	illuminate
找麻烦	zhǎomáfan	to look for trouble
这	zhè	this
这里	zhèlǐ	here
这么	zhème	so
正	zhèng	correct, just
争论	zhēnglùn	to argue
整天	zhěngtiān	all day long
正在	zhèngzài	(-ing)
真正	zhēnzhèng	true, real
这时	zhèshí	at this time
这样	zhèyàng	such
直	zhí	straight
只	zhǐ	only
指	zhǐ	finger, to point at
只	zhī	(measure word for animals)
支	zhī	(measure word for stick-like things, armies, songs, flowers)
直到	zhídào	until
知道	zhīdào	know
智慧	zhìhuì	wisdom

指挥	zhǐhuī	to command
之间	zhījiān	between
之前	zhīqián	before
至少	zhìshǎo	at least
植物	zhíwù	plant
种	zhòng	to plant
重	zhòng	heavy, severe
种	zhǒng	(measure word for kinds of creatures, things, plants)
中	zhōng	in, middle
重伤	zhòngshāng	seriously injured
重要	zhòngyào	important
终于	zhōngyú	at last
周围	zhōuwéi	around
竹	zhú	bamboo
住	zhù	to live, to hold, (verb complement)
猪	zhū	pig
柱(子)	zhù (zi)	pillar, post
抓(住)	zhuā (zhù)	to arrest, to grab
转	zhuǎi	to turn
庄稼	zhuāngjia	crops
转身	zhuǎnshēn	turn around
转向	zhuǎnxiàng	turn to
祝福	zhùfú	blessing
追	zhuī	to chase
准备	zhǔnbèi	to prepare
准备好了	zhǔnbèihǎole	ready
桌(子)	zhuō (zi)	table
注意	zhùyì	notice
自己	zìjǐ	oneself
走	zǒu	to go, to walk

钻石	zuànshí	diamond
足够	zúgòu	enough
最	zuì	the most
醉	zuì	drunk
嘴唇	zuǐchún	lip
最后	zuìhòu	at last
做	zuò	to do
坐	zuò	to sit
座	zuò	seat, (measure word for mountains, temples, big houses)
左右	zuǒyòu	approximately
阻止	zǔzhǐ	to stop, to prevent

钻石	zuànshí	diamond
足够	zúgòu	enough
最	zuì	the most
醉	zuì	drunk
嘴唇	zuǐchún	lip

About the Authors

Jeff Pepper (author) is CEO of Imagin8 Press, and has written dozens of books about Chinese language and culture. Over his career he has founded and led several successful computer software firms, including one that became a publicly traded company. He's authored two software related books and was

Dr. Xiao Hui Wang (translator) has an M.S. in Information Science, an M.D. in Medicine, a Ph.D. in Neurobiology and Neuroscience, and decades of years experience in academic and clinical research. She has taught Chinese and has extensive experience in translating Chinese to English and English to Chinese.